Bernd Neitzel · Gegen die Wand

Bernd Neitzel, geboren in Stettin, verbrachte seine Schulzeit in der ehemaligen DDR in Teterow. Mit 16 Jahren verließ er die DDR mit dem Fahrrad. 11 Jahre fuhr er zur See, nutzte die Zeit zum Studium der Schiffsbetriebstechnik sowie des Schiffbaus in Hamburg und bereiste 127 Länder der Erde.

Bernd Neitzel

GEGEN DIE WAND

Ein Reederleben in der Krise

Satz und Layout: Buch&media GmbH, München
Umschlaggestaltung: Franziska Gumpp
Herstellung und Verlag: BoD – Books on Demand
Printed in Germany · ISBN 978-3-7494-4378-9

Inhalt

1. Sparsamkeit

Hey, hast Du es jetzt begriffen? SEX SELLS!«, meinte mein Manager, nachdem er von dem hier vorgesehenen Buchtitel »Hein Gummi« hörte. Er war der Meinung, »Hein Gummi« deute auf etwas Schlüpfriges hin. Dem war nicht so. Hein Gummi hatte seinen Spitznamen an der Küste weg, weil er selbst die kleinsten Vorkommnisse gewaltig, sozusagen gummiartig, in die Länge zog. Er war ein Kapitänsreeder und sein Name war Hein Brammer. Ich lernte ihn auf der Sietas-Werft kennen, wo Hein mit seinem Kümo »MS Ria« auf dem Slip lag.

Für Hein war ein Schiff in der Werft immer im Krisenmodus, denn er fürchtete, danach sofort in die Insolvenz abzurutschen. Alle Arbeiten waren komplett überteuert, die Leute waren zu träge, die Maler malten die Farbe zu dick – schlimmer noch, sie malten seine teuer bezahlte Farbe einfach über Rost. Früher war alles besser, da hatte jede Werft ein Fass mit Teer herumstehen, und den Teer konnte man selber aufbringen.

Den Schiffsnamen MS Ria hatte Hein bewusst so ausgesucht. Sie war das Schwesterschiff der MS Mia und der MS Ina und damit das letzte in der Reihe. Er meinte: »Schau mal, Berni: Die Anfangsbuchstaben sind M I R (heißt: gehört alles MIR) – wi mokt allens sülbst.« Diese kurzen Namen sind ideal, denn sie sparen Farbe beim Ausmalen, und das Ausmalen geht schnell – was wiederum Arbeitsstunden spart.

»Neitzel, stell Dir mal vor, was mir ein Name, wie ihn die DDR-Schiffe benutzen – ›Fliegerkosmonaut Juri Gagarin‹ oder ›Oberhafenbaumeister Wolfgang Schmidt‹ –

an Kommunikationskosten verursachen würde.« Vor jedem Hafenanlauf muss der Kapitän sich beim Hafenmeister anmelden und den Schiffsnamen buchstabieren. »Ria« ist schnell buchstabiert: ROMEO, INDIA, ALFA – kostet fast nichts und versteht jeder. »Jetzt stell Dir mal vor, meine Ria würde ›Fliegerkosmonaut Juri Gagarin‹ heißen, dann wäre ich schon pleite, bevor das Schiff im Hafen festgemacht hätte.« Dieses Argument leuchtete mir ein.

Ich war an Bord, um den Ölkühler der Hauptmaschine in Teilen neu zu verrohren. Das Schiff sollte am nächsten Tag bereits wieder abgeslippt werden und schwimmen, denn die Este war vollgepackt mit Schiffen. Ich war schon sehr früh vor dem Frühstück an Bord, um den Kühler pünktlich betriebsbereit zu haben. Hier lernte ich dann einen weiteren Streich der Hein'schen Sparsamkeit kennen.

Hein fuhr in Charter bei einer schwedischen Schifffahrtslinie, und statt des deutschen Schwarzbrotes gab es schwedisches Knäckebrot. Ich saß beim Frühstück in der Mannschaftsmesse und wollte mir ein Knäckebrot mit guter Butter (nicht mit Margarine) schmieren, als Hein auftauchte. Er kam herein und fuchtelte aufgeregt herum: »Willst Du mich ruinieren? Die gute Butter kannst Du auch auf die glatte Seite streichen!« Damit drehte er mir das Knäckebrot auf dem Teller um.

Immer, wenn es seine Zeit erlaubte, löste Hein den Kapitän an Bord ab, um keinen teuren Urlaubsvertreter beschäftigen zu müssen. Gleichzeitig schickte er dann auch den Alleinmaschinisten in den Urlaub. Selbstverständlich fuhren das Seefahrtsbuch und das Maschinenpatent des Meisters weiterhin mit, denn Hein hatte keine ausreichende Qualifikation für den Maschinendienst. Bei einer Hafenstaatenkontrolle ohne Maschinisten an Bord wäre das Schiff stillgelegt worden.

Anlässlich so einer Ablösereise traf ich Hein erneut. Nachts um zwei Uhr klingelte bei mir zu Hause das Telefon. Nachdem ich schlaftrunken abgenommen hatte, murmelte eine belegte Stimme: »Jetzt ist alles aus.« Ich: »Wer spricht dort?« Stimme auf Plattdeutsch: »Nu is allens ut.« Ich noch einmal: »Bitte nennen Sie Ihren Namen.« »Hein, hier ist Hein! Nu is allens ut.« »Was soll denn aus sein?« »Allens is ut. Mir ist es schwarz vor den Augen runtergelaufen.« Hein war voll wie eine Haubitze.

Nach und nach ergab sich der folgende Sachverhalt: Hein hatte seinen Kapitän abgelöst und seinen Maschinisten in den Urlaub geschickt. Seine »MS Mia« befand sich auf der Reise von Frankreich nach Schweden. Vor der Schleuse in Brunsbüttel musste das Schiff ankern, bis die Erlaubnis zum Einfahren in die Schleuse erteilt wurde. Hein, der schon eine gewisse »Anfangsgeschwindigkeit« mitbrachte, denn er war seit dem Ausklarieren in Holland nicht mehr ganz nüchtern, nutzte die Gelegenheit, sich am »Hustensaft« weiter gütlich zu tun. Der Ausdruck »Hustensaft« war gebräuchlich, denn an Bord durfte kein Alkohol konsumiert werden. Selbst die türkischen Besatzungsmitglieder drehten die Bierflasche mit dem Etikett nach hinten, damit Allah nicht sah was da drin war. Unterbrochen wurde seine Getränketour nur durch einen kurzen Maschinenalarm: »low level cooling water expansion tank main engine« (zu niedriger Kühlwasserstand im Hochtank des Hauptmotors). Hein wusste Bescheid und füllte Kühlwasser nach, bis der Alarm verschwand. Das dauerte ziemlich lange, wie er sich erinnerte.

Zwei Stunden später kam die Aufforderung, in die Schleuse einzufahren, und der Anker wurde gelichtet Als guter Seemann wollte Hein kurz die Hauptmaschine starten, um den Anker zu entlasten. Er gab Startluft, aber glücklicherweise sprang die Maschine nicht an. Dieses Startversagen löste dann den nächtlichen Anruf bei mir aus.

Ich wies ihn an, nichts zu tun, bis ich an Bord wäre. Hier klärte sich dann, warum es Hein »schwarz vor den Augen runterlief«. Der Kühlwasserausgleichstank war sehr hoch im Schornsteinschacht untergebracht. Wie Hein nun 30 bar Anlassluft auf die Hauptmaschine drückte, schoss ein Wassergeysir aus dem Schornstein, und das schwarze Wasser lief an den Brückenfenstern herunter.

Das Schiff wurde dann mit zwei Schleppern an die Außenmole verholt, und wir machten uns auf die Fehlersuche. Bei Hein hatte der »Hustensaft« seine verheerende Wirkung weiter entfaltet, aber er kam mit in den Maschinenraum, setzte sich auf die erste Treppenstufe und versuchte mit glasigem Blick zu erfassen, was wir da taten.

Es stand Kühlwasser im Abgaskanal bis zur Brückenhöhe, und es stand Kühlwasser auf allen Zylindern, deren Abgasventile offen waren. Nachdem wir alles entleert hatten, blieb nur noch, das Wasser aus den Zylindern zu entfernen, die inzwischen alle vollgelaufen waren. Alle Indikatorhähne wurden geöffnet. Wir setzten den Schmierer auf eine 5 m lange Törnstange und versuchten, die Maschine über das Schwungrad langsam zu drehen.

Aus Zylinder 5 stieg die erste Wassersäule senkrecht

hoch in den Maschinenschacht. Das setzte sich fort, bis aus allen Zylindern das Wasser nahezu entfernt war.

Hein auf seiner Treppenstufe brach in Tränen aus. »Nu is allens ut!«

Ursächlich für diesen Schaden war ein durcherodiertes, korrodiertes, wassergekühltes Gasaustrittsgehäuse des Turboladers des Hauptmotors. So ein Hauptmotor wird mit Kühlwasser gekühlt, welches ebenfalls den Turbolader durchströmt. Um kleinere Wasserleckagen auszugleichen, wird an höchster Stelle im Maschinenraum ein kleiner Hochtank angebracht. Wenn dieser Tank leer läuft, gibt es einen Alarm; dann man kann nach der Fehlerquelle suchen und die Leckage beseitigen. Dies ist auch einfach, wenn es denn irgendwo nach außen tropft. Doch in Heins Fall tropfte nichts, denn über das korrodierte Loch im Turboladergehäuse lief das Wasser in den Abgaskanal, dann auf alle Zylinder des Motors, dann füllte es den Schornstein auf bis zur Höhe des Hochtanks, und der Alarm erlosch. Hein war zufrieden. Alarm aus – Fehler beseitigt.

Das Gasaustrittsgehäuse wurde kühlwasserseitig abgeblindet, das Restwasser aus dem Motor entfernt, das Schmieröl getestet, die Maschine klar gemeldet.

Als verantwortlicher Reeder rief Hein Brammer seinen Neffen an, der kurzzeitig das Schiff übernehmen sollte. Ich hingegen hatte Heins Vater Karl telefonisch informiert, um seinen Sohn abbergen zu lassen. Karl Brammer tauchte nach einer Stunde an Bord auf und fauchte schon an Deck: »Wo ist das besoffene Subjekt?« Er muss seinen Sohn wohl innig gekannt haben, um intuitiv zu wissen, was los war.

11

2. Subventionen

Hein wohnte in der dritten Schiffergeneration hinterm Deich an der Niederelbe. Hier heißt es von alters her: »De nich wull dieken mutt wieken« (Wer nicht deichen will, muss weichen). Die Deichpflege wird bei den zweimal jährlich stattfindenden Deichbegehungen vom Oberdeichrichter überprüft.

Selbstverständlich übernahm Hein die Deichpflege selbst – Kosten sparen. Mit dem Rasenmäher den Deich hinauf und hinunter zu schieben war mühsam, rutschig, matschig, feucht und damit gefährlich. Hein rutschte aus und säbelte sich dabei den großen Zeh ab. Nun konnte er seinen Pflichten zur Deichpflege nicht mehr nachkommen.

Da seine im Haus lebenden schulpflichtigen Kinder, wie ja oftmals üblich, total überlastet waren und Rasenmähen für sie nicht infrage kam, beschloss Hein, sich zehn Schafe anzuschaffen. Als sparsamer Reeder und Geschäftsmann schaltete er sein Netzwerk ein und erstand zehn kleine Lämmer auf der Geest; sein Opa Anton war ihm dabei behilflich.

Um dieses gewaltige finanzielle Investment zu stemmen, hatte Hein sich sachkundig gemacht, den lokalen Schäfer konsultiert, die EU-Richtlinien durchforstet und ermittelt, dass man bereits als Eigentümer von acht Schafen als Nebenerwerbslandwirt Subventionen aus Brüssel bekommen konnte. Hein stellte den Antrag, als Nebenerwerbslandwirt eingetragen zu werden, und dem Antrag wurde stattgegeben. Es gab 64 Mark Beihilfe, was den Kaufpreis der Lämmer wesentlich reduzierte. Zusätzlich ergab sich aus der Anschaffung ein weiterer Vorteil: Hein wurde jetzt als Nebenerwerbslandwirt geführt, sodass er seine Mitgliedschaft in der teuren Seekrankenkasse kündigen und in die preiswertere Krankenkasse für Landwirte wechseln konnte.

Die Schäfchen wurden Schafe und taten brav und fleißig ihre Pflicht. Sie fraßen und verdauten Gras, besprenkelten den Deich mit ihren Köteln, wurden dicker und vermehrten sich bereits nach einem Jahr. Die Herde sollte aber nicht zu groß werden, denn das Familieneinkommen sollte durch die Reederei und nicht durch die Schafzucht verdient werden.

Jetzt schaltete sich Heins Opa Anton ein, der viele türkische Mitbürger auf der nahen Werft kannte, die alle sehr gerne Hammel verspeisten. Am Sonnabend nach Ostern raste Anton in einem Affenzahn bei Hein auf den Hof. »Hein, mok fix, de Türken kummt!« (Hein, mach schnell, die Türken kommen.) »Wat hesst Du denn, Opa?« (Was ist los, Opa?) »Hein, mok fix, de Türken kummt!«, nochmal. »Die wollen fünf Schafe kaufen, mok fix, die müssen wir noch nass machen, aber nur unterm Bauch, damit die Käufer nix merken.« »Ich weiß Bescheid«, meinte Kurt, »das bringt beim Wiegen 1 kg mehr Gewicht pro Schaf. Die Käufer tasten die Schafe nur von oben ab, ob die auch schön fett sind.« Mit diesen Tricks hat Hein die Anschaffungskosten seiner Lämmer sicherlich weitgehend amortisiert.

3. Schwarzes Meer, Black Sea

Für einige Zeit verlor ich Hein Brammer aus den Augen, denn es wurde entschieden, im Schwarzen Meer Schiffe zu bauen. Dies hatte man bis zum Kollaps des Sozialismus, der Ostblockstaaten und der Sowjetunion nie in Erwägung gezogen. Nun rannten die Reeder wieder dem Preis hinterher, diesmal in eine andere Richtung.

Das System ist nicht neu. Nach dem Ende des zweiten Weltkriegs waren Japan, Schweden und Deutschland für einige Jahre die größten Schiffbaunationen der Welt. Frankreich, Italien, Spanien folgten. Hier in diesen Ländern stimmte das Umfeld von gut ausgebildeten Fachkräften, schön billig, Stahlwerke, welche die Platten in genügender Menge heranschafften, eine Zulieferindustrie, Banken, die von anderen Banken akzeptiert wurden, Vertreter der großen Klassifikationsgesellschaften vor Ort.

Parallel entwickelte der kommunistische Block seine eigene Schiffbauindustrie. Her bestellte ein westlicher Reeder nur in Ausnahmefällen ein Schiff: Die Qualität ließ zu wünschen übrig. Die Monteure konnten nicht ins Ausland reisen. Ersatzteile waren kaum zeitgerecht zu liefern. Wegen der Devisenbeschränkungen konnte kein ausländisches Produkt eingekauft werden. Alle diese Beschränkungen hemmten eine progressive Entwicklung des Schiffbaus in den sozialistischen Staaten. Als nun der Ostblock 1990 den Sozialismus abstreifte und diese Länder vom Kapitalismus vereinnahmt wurden, änderte sich das schlagartig. Jugoslawien und Polen waren die Vorreiter im Schiffbau, gefolgt von Rumänien, Bulgarien und der Ukraine. China war dieser Entwicklung schon zehn Jahre voraus, dank der Reformen des kleinen Mannes Deng Xiao Ping.

Wir besorgten uns ein Visum für 120 US-Dollar und machten uns auf in die Ukraine. Zwei Airlines durften dieses gelobte Land anfliegen: Ukraine International Airlines und Austrian Airlines. Man hatte ein schnell funktionierendes Flugnetz aufgebaut und flog Hamburg – Wien – Odessa. Oder Hamburg – Warschau – Odessa. Respektive Hamburg – Warschau – Kiew – Odessa. Die weitere Reise nach Mykolajiw oder Kherson erfolgte dann mit dem Taxi.

Das Plastikzeitalter hatte auch im Ostblock Einzug gehalten. Man aß von Plastiktellern, trank aus Plastikbechern, das Besteck war aus Plastik, und das pappige Brötchen schmeckte auch plastikartig, weil es in Plastikfolie verpackt war. Während der kommunistischen Zeit hatte es noch richtige Teller und Tassen aus Porzellan gegeben. Zwei übergewichtige Stewardessen schleppten einen dampfenden Kessel mit Würstchen durch den Gang, und man bekam ein kochend heißes Würstchen und ein paar Erbsen direkt auf den Teller gelegt.

Um diese Werften zu besuchen landete man immer in Odessa.

Odessa wurde erst 1764 von Katharina der Großen gegründet, bzw. sie gab die Order zur Stadtgründung. Sie liebte den französischen Baustil, und dieser Einfluss zeigt sich in der ganzen Stadt. Herr Richelieu steht auch heute noch als Denkmal in der Stadt herum. An Baustilen finden sich Barock, Rokoko, Klassizismus, Stalinismus. Vieles ist renoviert worden. Sofort nach dem Wechsel zum Kapitalismus wurden in der Stadt die Kirchen, die Synagoge, die Moschee und das Kempinski-Hotel renoviert und ein McDonald's am Hauptbahnhof eröffnet.

Odessa ist immer noch eine Reise wert. Daher ist es unverständlich, warum diese schöne Stadt trotz ihrer Vorzüge von der westlichen Tourismusbranche links liegen gelassen wird. Die Preise sind günstig, das Meer lädt zum Segeln oder Baden ein, viele schöne Menschen liegen am Strand herum. Das Bier ist das beste der Welt und wegen seines Alkoholgehalts von 8 % besonders geschmackvoll; wenn man zwei Bier intus hat, merkt man, wie es kachelt. Die Oper, auf die die Einwohner Odessas besonders stolz sind, da sie einmal mit der Wiener Staatsoper konkurrieren sollte, verlangte lächerlich geringe Eintrittspreise.

Abbildung 1: Die Oper in Odessa (Neitzel)

Eine Kneipenszene gab es in den 1990ern noch nicht. Wenn man spät abends ankam, war der McDonald's die einzige Möglichkeit, etwas zu essen zu bekommen, und auch die Übernachtungsmöglichkeiten waren rar. So versammelte sich nachts, bevor die letzten Züge im Bahnhof einliefen, immer eine ganze Anzahl älterer Damen mit Pappschild vor dem Leib auf den Bahnsteigen. Diese Damen stellten den Spätreisenden für ein geringes Entgelt ihr Bett zur Verfügung, bevor die Reisenden am nächsten Morgen in die Weite des Landes weiterzogen. Ich brauchte nicht bei einer Babuschka übernachten, sondern konnte nach der Stärkung bei McDonald's mein Hotel »Schwarzes Meer« (Tschornou Morje) aufsuchen.

Das Frühstück entsprach dem Hotelstandard: spartanisch. Nach dem Frühstück tauchte der Werfttaxifahrer auf und brachte mich über holprige Landstraßen die 120 km nach Mykolajiw oder die 189 km nach Kherson. In Mykolajiw gab es ein Hotel, welches dem mitteleuropäischen Standard entsprach, aber das war 50 km von der Werft entfernt. Man karrte mich also im lokalen Stadtteil herum, um überhaupt ein Hotel für mich zu finden. Nach einigen Fehlversuchen landeten wir schließlich im lokalen Luxuspalast Hotel »Metalurg«. Die Zimmer waren sehr klein, aber eine Dusche war vorhanden. Die Möbel waren Spanplattenstandard. Beim Drehen im Bett krachte es immer gewaltig und man war wach. Das Zimmer hatte Rippenrohr-Heizkörper, mit Sattdampf vom nahen Kraftwerk beheizt. Eine Absperrmöglichkeit am Heizkörper gab es nicht; die Zimmertemperatur wurde durch Öffnen und Schließen des Oberlichtfensters geregelt. Man war ja sowieso nach jeder Drehung im Bett wach und schloss bzw. öffnete dann das Oberlicht – je nach Hitze- oder Kältegrad – sodass das kein größeres Problem darstellte.

Am nächsten Abend traf ein Herr aus Moskau ein, der den Lizenzgeber MAN repräsentierte, sowie ein weiterer Herr aus Bryganz; der den Lizenznehmer von MAN repräsentierte. Diese sprachkundigen Herren kontaktierten die Dame an der Rezeption, um sechs Biere zu kaufen. »Sorry«, meinte sie, das Hotel verfüge über keine Bierverkaufslizenz, aber sie könne das Zimmermädchen losschicken, um Bier zu besorgen. Das Zimmermädchen entpuppte sich als eine freundliche alte Dame von 65 Jahren, die nach einiger Zeit mit ihren Erwerbungen wieder auftauchte und sie stolz präsentierte: 2 Büchsen Löwenbräu, 1 Büchse koscheres Bier aus Israel, 2 Biere aus Rumänien, 1 Büchse lokales Piwo. Sie lehnte es strikt ab, das angebotene Trinkgeld anzunehmen. Für uns war die Handvoll Wechselgeld (Coupons) damals nicht einmal das Papier wert, auf dem es gedruckt war. Aber zumindest konnten wir den Abend ausklingen lassen.

Wenn man das Frühstück im Hotel »Schwarzes Meer« als spartanisch bezeichnen wollte, war es unumgänglich, für das Frühstück im Hotel »Metalurg« eine neue Wortschöpfung zu erfinden. Es wurde heißes Wasser gereicht, dazu ein paar Brösel loser Tee. Dazu gab es eine Scheibe Weißbrot, diagonal geschnitten, darauf toppte ein (!) Spiegelei.

Verglichen mit westeuropäischen Werften waren die Werften in Mykolajiw bezüglich der Geländefläche, der Menge an Arbeitskräften und des Ausmaßes des Managements von enormer Größe. Ebenso enorm musste jedoch an der Qualität und Effizienz der Betreiber gearbeitet werden, um im Weltmaßstab mithalten zu können. Kurz gesagt gab es mehr Häuptlinge als Indianer. Diese Häuptlinge hatten auch noch Ideen aus der großen Zeit der Sowjetunion und träumten davon, die Kapitalisten zu überholen. Ein Geschäft kam trotz der günstigen Preise nicht zustande, weil die Werft keine »Refundment Guarantee« (Rückzahlungsverpflichtung) erstellen konnte, da keine der deutschen Schifffahrtsbanken irgendeine ukrainische Bank anerkannte.

Griechische Reeder waren hier mutiger; zu dieser Zeit lagen drei Bulk Carrier in mehr oder weniger fortgeschrittenem Bauzustand auf der Werft herum. Man leistete 5 % Anzahlung für das erste Schiff, welches bereits die Probefahrt absolviert hatte, und sicherte sich Optionen für die beiden anderen. Nachdem das erste Schiff fertig war, wurden 90 % des Kaufpreises gezahlt. 5 % der Anzahlung wurden auf das nächste Schiff geschrieben, und 5 % wurden präventiv für Garantieleistungen einbehalten. Ohne Visum kam von den Landesbürgern niemand aus dem Land heraus. Von den ehemals russischen Ausrüsterfirmen, welche das Schiffszubehör geliefert und eingebaut hatten – etwa Ankerwinden, Schalttafeln, Pumpen aller Art, Funk- und Navigationseinrichtungen – hatten einige die Segel gestrichen und den Übergang vom Sozialismus zum Kapitalismus nicht überlebt und es war zu erwarten, dass Garantieansprüche nicht erfüllt werden konnten. Im Falle von Störungen würde man westliches Equipment einbauen müssen, statt zu reparieren. Diese Umstände hatte der griechische Reeder sehr wohl berücksichtigt.

Langfristig zahlten sich der Mut und die Weitsicht der griechischen Reeder auch hier aus. Später, als die Schifffahrtskrise »in full swing« war, haben griechische Reeder ca. 80 % der im deutschen KG-Markt finanzierten und in die Pleite gefahrenen Schiffe übernommen.

4. Die Brammers

Die Familien Brammer – Opa Anton Brammer, Vater Kurt Brammer und Hein Brammer, alles Kapitäne in der Kleinen Fahrt – lebten unter einem Dach in einem großen Reetdachhaus an der Niederelbe hinterm Deich.

Opa Brammer stammte ursprünglich aus Pillau und sprach ein sehr lustig eingefärbtes Deutsch. In diesen lustigen Akzent muss sich die Kehdinger Schiffertochter Inga Meyer verliebt haben. Inga war in dieser Zeit an Bord ihres Vaters Zweimastschoner »Heinrich« gemustert und sorgte für das leibliche Wohl der vier Bordgenossen. Kapitän Meyers »Heinrich« war bereits ein aus Stahl gefertigtes Schiff, allerdings nur unter Segeln. Ein Motor hätte zu viel Geld gekostet, und eine Dampfmaschine hätte das Schiff wegen ihres enormen Gewichtes zum Sinken gebracht. Immerhin war die »Heinrich« den an der Niederelbe sehr weit verbreiteten Ewern, die fast immer aus Holz gebaut wurden, weit überlegen, was Tragfähigkeit, Segeleigenschaften, Geschwindigkeit und Modernität anbelangte. Außerdem konnte so ein Schiff von sehr kleiner Besatzung bedient werden.

In ebendieser Zeit war Anton Brammer zweiter Steuermann auf dem Dampfer »Julia« (Heimathafen Danzig). Als zweiter Steuermann war er auch zuständig für die Verproviantierung des Schiffes und die Aufsichtsperson (Speckschneider) über Koch und Kochsmaat. Am Baumwall in Hamburg schlug das Schicksal zu.

Inga war mit ihren Proviantkäufen für die »Heinrich« eigentlich zufrieden und wollte nur noch einen großen Heilbutt kaufen, der an Bord für die ganze Besatzung reichen sollte. Leider reichte ihr Bargeldbestand nicht – ihr Vater hatte ihr das Geld abgezählt mitgegeben. Der Fischermann ließ trotz aller Feilscherei ihrerseits nicht mit sich handeln und war auch nicht bereit, den Fisch zu teilen. Anton hatte den Dialog amüsiert verfolgt und bot sich nun an, die Preisdifferenz für das arme Mädchen auszugleichen. Inga ließ sich korrumpieren und freute sich über das zu erwartende Festessen. Ein schlechtes Gewissen hatte sie nicht, denn ihr Vater war mit dem Essen sehr geizig, und oftmals gab es dreimal in der Woche nur »Großen Hans« (Mehlbeutel, das Arme-Leute-Essen). Sie erwartete ein Lob von ihrem Vater, da sie mit dem Geld gut ausgekommen war. Für die Rückzahlung bei Anton würde sich schon noch eine Gelegenheit ergeben. Anton schickte seinen Koch und den Kochsmaat mit dem Proviant der »Julia« zurück an Bord und bot sich an, als Kavalier den Proviant für Inga an Bord der »Heinrich« zu schleppen.

Hier wurde Inga von ihrem Vater, der an Deck arbeitete, erwartet. Ihre Begleitung Anton wurde misstrauisch beäugt. Als sich aber herausstellte, dass Anton Seemann war und sogar bereits Steuermann, schwand das Misstrauen, und Anton Brammer wurde an Bord in die Kajüte gebeten. »Inga, mach mal zwei Grog!«, tönte Kapitän Meyer. Man redete über Gott und die Welt, über die Größe Deutschlands, über die schweren Zeiten, über den Kaiser und über die Marine. Als Anton erwähnte, dass er seine zweijährige Militärzeit bei der Marine bereits abgeleistet hatte, hellte sich die Miene von Heinrich Meyer weiter auf. Man verabschiedete sich auf das Freundlichste mit der Feststellung, dass der Globus rund sei und man sich bestimmt einmal wieder begegnen würde. »Und dann gibst Du mal einen aus!«, meinte Meyer großzügig zu Anton.

Zuhause hatte Kapitän Meyer drei Töchter unter die Haube zu bringen, und das war nicht so einfach. Die Küstenschiffer waren die Dienstleister der reichen Marschbauern, der Ziegeleibesitzer, der Obstbauern, denen das Land gehörte. Auf diesen Anwesen wurde damals viel Gesinde beschäftigt, und in der sozialen Rangordnung waren die Schiffer zwischen dem Gesinde und den Bauern angesiedelt. Wollte eine Bauerstochter einen Schiffer heiraten, gab es für das Mädchen zuhause erstmal kräftig was hinter die Ohren.

Abbildung 2: Kaiserlicher Wehrpass

Was Inga und Anton betraf, hatte Heinrich Meyer schon weiter vorausgedacht: Anton war die richtige Partie für Inga. Er hatte seine Militärzeit schon hinter sich, er hatte die Steuermannsschule mit einem Kapitänspatent abgeschlossen, konnte also sofort heiraten. Geldausfälle infolge von Ausbildung oder Wehrdienst waren nicht zu erwarten. Anton brauchte sich auf der »Julia« nicht über Chiefmate zum Kapitän hoch zu hangeln, denn wenn er sich plietsch anstellte, würde Meyer ihm die »Heinrich« anvertrauen. Da wollte er mal ein paar Nägel einschlagen.

Seine Tochter Inga kannte Kapitän Meyer genau: Er hatte sofort erkannt, dass dort ein Liebesfunken gezündet worden war. Wenn er den jungen Mann nur richtig madig machte, würde Inga gegen den Stachel löcken und er hätte sie auf dem richtigen Weg. »Inga, komm mal rüber!«, rief er in die Kombüse. »Ja, Vadder, was ist denn los?« »Sag mal, den Fatzke von dem stinkenden Kohlendampfer, der eben hier war – kennst Du den schon länger?« »Nein, Vadder, aber das ist ein netter, hilfsbereiter, gut erzogener Bursche, der weiß, was sich gehört.«, entgegnete Inga. »Du hast dem doch sicherlich nicht erzählt, dass wir noch vier Tage hier liegen?« Das hatte Inga noch nicht gewusst, und ihr Herz machte einen Satz, als sie es nun erfuhr. Dadurch wäre ein Wiedersehen mit Anton sicherlich möglich.

Zu dieser Zeit war Hamburg als Hafen voll mit Schiffen, aber gebietsmäßig noch übersichtlich. Inga schickte den Moses (Schiffsjungen) los, um den Liegeplatz der »Julia« ausfindig zu machen, und um einen Brief an den Steuermann Anton Brammer persönlich zu überbringen. Anton bat den Moses zu warten und setzte sich sofort an die Beantwortung des Briefs: »Inga, als ich Ihren Brief erhielt, tobte mein Herz wild in der Brust!«, so begann er; er musste bei Goethe abgekupfert haben. Mit diesen Ergüssen wurde der Moses flugs zurückgeschickt. Das nächste Wiedersehen wurde für den nächsten Tag vereinbart. Man traf sich am Stintfang, ging durch den Park, hatte sich unglaublich viel zu erzählen. Anton fand eine abseits stehende Bank, auf der man sich niederließ, und – so kam es Inga vor – stundenlang küsste. Sie hatte keine sexuellen Erfahrungen, bis auf ein Herumalbern mit dem Nachbarsjungen, der immer ihre kleinen Jungfrauenbrüste quetschte; das gefiel ihr überhaupt nicht. Da war Anton doch ein anderes Kaliber. Er drängte nicht, er war zärtlich und verstand es, die richtigen Knöpfe zu drücken.

Kapitän Meyer tat so, als hätte er Ingas lange Abwesenheit nicht bemerkt. Da hatte Anton es schwerer; er musste seine Abwesenheit auf die wachfreie Zeit verschieben, um Inga wiederzusehen. Am vierten Abend – man hatte die einsame Bank wiedergefunden – wollte Anton bei Inga einen unvergesslichen Punkt setzen, denn sein Schiff sollte auslaufen. Nachdem sie ausgiebig geknutscht hatten, schob er langsam seine rechte Hand innen an ihrem Schenkel hoch. Inga versteifte sich und klemmte die Schenkel zusammen. Anton zog seine Hand drei Zentimeter zurück und hielt inne. Dies war allerdings auch nicht so richtig gewollt, denn in Ingas Zentrum hatte sich so eine Hitze und Enge entwickelt, und sie öffnete ihre Schenkel ganz unauffällig wieder. Anton, der Frauenversteher, hatte diese kaum wahrnehmbare Veränderung bemerkt und tastete sich weiter vor, bis er ihren zarten Flaum erspürte. Ganz zärtlich suchten seine Finger weiter, bis er den richtigen Punkt traf. Es ging ein Beben durch Ingas Körper, und sie musste sich auf die Lippen beißen, um nicht aufzuschreien. Anton zog seine Hand sofort zurück, denn er wusste, dort brannte jetzt ein nicht mehr zu löschende Feuer. Er hielt es mit Konfuzius: Ein Krieger pflückt nie die Frucht, solange sie noch grün ist, denn er weiß, die Zeit ist sein Verbündeter. »Ich werde bei Ihrem Herrn Vater um Ihre Hand anhalten.«, versprach er, und schrieb dies auch an Kapitän Meyer. Damit nahm die Liebesbeziehung Fahrt auf, und nach einem Jahr wurde geheiratet.

Als Mitgift wurde Anton Brammer eine 25 %ige Part an dem Schoner *Heinrich* als Eigentum übertragen. Nach einer kurzen Einarbeitungszeit übernahm Anton als Kapitän und Partenreeder die *Heinrich*. Als junger Heißsporn hatte er neue Ideen, die oftmals hitzige Diskussionen mit seinem Schwiegervater auslösten, der erst von ihnen überzeugt werden musste. »Nix, dat hebbt wi jümmer so mokt!« war für Anton aber kein überzeugendes Argument.

Besonders schwierig war es, die beschäftigungslose Winterzeit zu überbrücken, um finanziell über Wasser zu bleiben. Wenn die Flüsse sich mit Eis bedeckten, die Ostsee weitestgehend zufror, wurde das Schiff in der Nähe des Wohnortes der Brammers an einem geschützten Platz am Ruthenstrom, an der Este oder an der Oste, aufgelegt. Das Schiff war mit seinen 160 Ladetonnen zu klein, um in entfernte Fahrtgebiete wie das Mittelmeer oder die Karibik auszuweichen. Um diese Zeit doch nutzen zu können, einigte man sich nach langen Diskussionen im Familienrat darauf, das Schiff in Holland bei der Werft Welgelegen zu einem Motorschoner umbauen zu lassen. Da das Schiff schuldenfrei war, musste die Familie sich dafür nicht nochmals für 20 Jahre verschulden, wie es bei seiner Anschaffung der Fall gewesen war. Anton Brammer versegelte im November 1912 zur Werft nach Holland. Sein 13jähriger Sohn Karl war mit an Bord und sollte sich schon einmal mit der neuen Technik vertraut machen. Eingebaut wurde ein 69 PS (Pferdestärken) starker Einzylinder-Petroleummotor, der dem Schiff eine Geschwindigkeit von 6 kn verlieh. Das Schiff war unter Segeln wesentlich schneller unterwegs, aber bei Flaute würde man weiterfahren können, und es brauchte in den Kanälen nicht getreidelt zu werden. Auch ein beulenfreies Anlegen unter Segeln im Strom erforderte großes seemännisches Geschick, und es klappte nicht immer. Da war die Motorunterstützung eine große Hilfe.

Wenn Anton Brammer den Motor zu Hilfe nehmen musste und er in den kleinen Maschinenraum kletterte, begrüßte er den Motor mit einem freundlichen »Guten Tag, Herr Motor!« Dann wurde ein Kornschnaps darüber gekippt, der Motor angewärmt und gestartet. Anton war seiner Zeit voraus, denn auf Vorschlag der Werft war ein zweiflügeliger Verstellpropeller der Firma Alpha eingebaut worden. Diese Technik hatte sich in der dänischen Fischerei bereits 1903 bestens bewährt. Sie funktionierte überraschend störungsfrei, und das lästige Stopp und Start, wie bei anderen motorbetriebenen Schiffen, entfiel. Diese störrischen Motor-Biester sprangen oft nicht an.

So gut »Herr Motor« in den wärmeren Jahreszeiten auch funktionierte, mit ihrer geringen Maschinenleistung konnte die »Heinrich« nicht einmal geringste Eismengen in den Flüssen beiseiteschieben und musste im Winter weiterhin aufgelegt werden.

Karl Brammer war bereits fester Bestandteil der Besatzung und ein Technikfreak. Es wurden zu der Zeit die ersten kleinen Benzinmotoren gebaut. Karl machte den Vorschlag, so einen Motor mit einer Winde zu koppeln und an Deck zu stellen, um den Umschlag mit den bis dato handbetriebenen Winden zu erleichtern (um nicht zu sagen, zu revolutionieren!). Die mühselige Handarbeit beim Be- und Entladen des Schiffes entfiel, und der Umschlag wurde wesentlich beschleunigt. Man schaffte mehr Reisen in der Sommerzeit und verdiente entsprechend mehr Geld. Die »Heinrich« verfügte über zwei Ladebäume und zwei Laderäume mit einem Deckshaus in der Mitte. Man war vorsichtig und schaffte zunächst nur eine Winde an. Karl war damit befasst. Er hatte die Stärke der Fundamente berechnet, die Hebekraft der Ladebäume untersucht, die Möglichkeit, die Winde zu verschieben ermittelt, um Laderaum 1 und Laderaum 2 zu beladen, aber nur eine Winde anschaffen zu müssen. Auch hier funktionierte das Vorhaben. Der jeweilige Ladebaum konnte mit 1,2 Tonnen belastet werden. Das an Land Schwenken erfolgte weiterhin mit Geientampentaljen (Flaschenzügen), die von Hand bedient wurden.

Während der winterlichen Aufliegezeit stand auch die Winde arbeitslos herum. Hier wiederum hatte der pfiffige Karl die Idee, den Motor statt mit der Winde mit einer Kreissäge zu koppeln und auf einem Schlitten zu montieren. Mit diesem Gefährt, gezogen von zwei Pferden, machten Karl und ein Decksmann sich auf den Weg zu den Geestbauern und sägten Holzstämme zu Bauholz oder Brennholz. Gleichzeitig konnte man bei den Bauern billigen Schiffsproviant kaufen: Kartoffeln, Schweineschinken, Würste, Brot. Oftmals wurde die Dienstleistung einfach gegen die eingetauschten Waren verrechnet, und Geld wurde gar nicht benötigt. Auf diese Weise steigerte das Familieneinkommen sich langsam aber stetig, und die Familie Brammer beschloss, ein zweites Schiff anzuschaffen. Diesmal sollte es ein Ewer sein.

5. Ewer

In den Tiderevieren der Elbe und Weser und an der gesamten Nordseeküste war der Ewer der am weitesten verbreitete Schiffstyp. In den feuchten, moorigen, sumpfigen Flusslandschaften war der Straßenbau eine langwierige, kostspielige Angelegenheit. Die erste Straße von Buxtehude nach Cranz wurde beispielsweise erst im Jahre 1862 eingeweiht. Transportleistungen wurden überwiegend durch die Schifffahrt erbracht, und hierbei hatte der Ewer den größten Anteil. Der Ewer war ein dickbäuchiger, flachbodiger, völliger Schiffstyp, der bei Ebbe trocken fallen konnte, ohne Schaden zu nehmen. Man kann mit Fug und Recht sagen, der Ewer war um 1900 das, was der 40-Fuß-Container 100 Jahre später, um 2000, darstellen würde. Seine Tragfähigkeit lag bei 15 bis 180 Tonnen (bei einer Vermessung von 5 bis 60 BRT), und der Unterschied zu einem 40-Fuß-Container mit seinen 45 Tonnen war nicht so gravierend.

Dieses Schiff sollte Karl dann übernehmen, und Anton, dem es auf dem Sofa zu langweilig wurde, wollte wieder auf der »Heinrich« anmustern. Nachdem diese Entscheidung gefallen war, wurde auf dem sonntäglichen Kirchgang der Inhaber der Stader Schiffswerft abgepasst, und es entspann sich der folgende Dialog:

»Moin Hinnerk!«, »Moin Anton!« (Karl mit seinen 23 Jahren wurde nicht beachtet – »He is to jung«.) »Wi wullt een Ewer bi di bestelln, för den Jung hier. Twee Masten, Motor mutt he hebbn, un allens anders so as Fiete Menkens sien.«, führte Anton aus. »Dat kriegt wi hin, kummt

ji man vorbi, dann snackt wi öbern Pries«, entgegnete
Hinnerk und verabschiedete sich von den beiden.

Abbildung 3: Stader Schiffswerft und Hafen (Stadtarchiv Stade)

6. Neuanfang

Nachdem Deutschland am 08.05.1945 mit der Kriegsführung aufgehört hatte, waren auch der deutsche Schiffbau und die Schifffahrt zusammengebrochen, und durften nach dem Potsdamer Abkommen auch nicht ausgeübt werden:

»Mitteilung über die Dreimächtekonferenz von Berlin
(»Potsdamer Abkommen«)
[Vom 2. August 1945]
(Auszüge Landesarchiv Brandenburg)

I.

Am 17. Juli 1945 trafen sich der Präsident der Vereinigten Staaten von Amerika, Harry S. Truman, der Vorsitzende des Rates der Volkskommissare der Union der Sozialistischen Sowjetrepubliken, Generalissimus J. W. Stalin, und der Premierminister Großbritanniens, Winston S. Churchill, sowie Herr Clement R. Attlee auf der von den drei Mächten beschickten Berliner Konferenz. Sie wurden begleitet von den Außenministern der drei Regierungen, W. M. Molotow, Herrn D. F. Byrnes und Herrn A. Eden, den Stabschefs und anderen Beratern.

(...)

A. Politische Grundsätze

1. Entsprechend der Übereinkunft über das Kontrollsystem in Deutschland wird die höchste Regierungsgewalt in Deutschland durch die Oberbefehlshaber der Streitkräfte der Vereinigten Staaten von Amerika, des Vereinigten Königreichs, der Union der Sozialistischen Sowjetrepubliken und der Französischen Republik nach den Weisungen ihrer entsprechenden Regierungen ausgeübt, und zwar von jedem in seiner Besatzungszone, sowie gemeinsam in ihrer Eigenschaft als Mitglieder des Kontrollrates in den Deutschland als Ganzes betreffenden Fragen.

2. Soweit dieses praktisch durchführbar ist, muss die Behandlung der deutschen Bevölkerung in ganz Deutschland gleich sein.

3. Die Ziele der Besetzung Deutschlands, durch welche der Kontrollrat sich leiten lassen soll, sind:
(I) Völlige Abrüstung und Entmilitarisierung Deutschlands und die Ausschaltung der gesamten deutschen Industrie, welche für eine Kriegsproduktion benutzt werden kann oder deren Überwachung. Zu diesem Zweck:
  a) werden alle Land-, See- und Luftstreitkräfte Deutschlands, SS, SA, SD und Gestapo mit allen ihren Organisationen, Stäben und Ämtern, einschließlich des

Generalstabes, des Offizierskorps, der Reservisten, der Kriegsschulen, der Kriegervereine und aller anderen militärischen und halbmilitärischen Organisationen zusammen mit ihren Vereinen und Unterorganisationen, die den Interessen der Erhaltung der militärischen Tradition dienen, völlig und endgültig aufgelöst, um damit für immer der Wiedergeburt oder Wiederaufrichtung des deutschen Militarismus und Nazismus vorzubeugen;

b) müssen sich alle Waffen, Munition und Kriegsgerät und alle Spezialmittel zu deren Herstellung in der Gewalt der Alliierten befinden oder vernichtet werden. Der Unterhaltung und Herstellung aller Flugzeuge und aller Waffen, Ausrüstung und Kriegsgeräte wird vorgebeugt werden.

(...)

B. Wirtschaftliche Grundsätze

11. Mit dem Ziele der Vernichtung des deutschen Kriegspotentials ist die Produktion von Waffen, Kriegsausrüstung und Kriegsmitteln, ebenso die Herstellung aller Typen von Flugzeugen und Seeschiffen zu verbieten und zu unterbinden. Die Herstellung von Metallen und Chemikalien, der Maschinenbau und

die Herstellung anderer Gegenstände, die unmittelbar für die Kriegswirtschaft notwendig sind, ist streng zu überwachen und zu beschränken, entsprechend dem genehmigten Stand der friedlichen Nachkriegsbedürfnisse Deutschlands, um die in dem Punkt 15 angeführten Ziele zu befriedigen. Die Produktionskapazität, entbehrlich für die Industrie, welche erlaubt sein wird, ist entsprechend dem Reparationsplan, empfohlen durch die interalliierte Reparationskommission und bestätigt durch die beteiligten Regierungen, entweder zu entfernen oder, falls sie nicht entfernt werden kann, zu vernichten. (...)

V.

Die deutsche Kriegs- und Handelsmarine

Die Konferenz erzielte im Prinzip eine Einigung hinsichtlich der Maßnahmen über die Ausnutzung und die Verfügung über die ausgelieferte deutsche Flotte und die Handelsschiffe. Es wurde beschlossen, dass die drei Regierungen Sachverständige bestellen, um gemeinsam detaillierte Pläne zur Verwirklichung der vereinbarten Grundsätze auszuarbeiten. Eine weitere gemeinsame Erklärung wird von den drei Regierungen gleichzeitig zu gegebener Zeit veröffentlicht werden.« (1)

Nach Absatz V mussten alle Handelsschiffe ab einer Größe von 1600 BRT (Bruttoregistertonnen) an die Siegermächte abgeliefert werden, und 50% der kleineren Schiffe, wenn es von der Kontrollkommission verlangt wurde. Ganz sollte das deutsche Volk nicht verhungern, und man erlaubte unter den Grundsätzen von Absatz V, eine Sachverständigenkommission zu gründen, die dann detaillierte Pläne ausarbeiten sollte, was weiter zu geschehen habe.

Zunächst erlaubte man, 34 Fischdampfer zu bauen, mit einer maximalen Länge von 110 Fuß (33 Metern) und 12 kn Geschwindigkeit, selbstverständlich kohlegefeuert. Dieses waren Festlegungen der alliierten Sachverständigenkommission, das sog. »Petersberger Abkommen« (2). Diese Schiffe wurden noch bis 1948 gebaut und erzielten überraschend gute Fangergebnisse, denn ca. 8 Jahre lang war der Fischbestand nicht befischt worden – denn im Krieg hatte man sich auf das Töten von Menschen konzentriert und die Fische weitestgehend verschont. Nach der Jahreswende 1947/48 durften dann auch Küstenmotorschiffe gebaut werden. Deren maximale Länge wurde ebenfalls auf 110 Fuß festgelegt, bei einer Größe von max. 250 BRT. So kleine Schiffe konnten kaum wirtschaftlich betrieben werden. Das Ingenieurbüro Weselmann entwickelte ein Konzept, diese Art Schiff gleich zu verlängern. Man rechnete damit, dass die starren Regeln des Potsdamer Abkommens nicht bis in alle Ewigkeit Bestand haben würden. Die Originalgröße dieser Schiffe lag bei 247 BRT, bei 345 Tonnen Tragfähigkeit. Nach der Verlängerung um 4,5 m wurden sie mit 299 BRT vermessen und trugen ca. 418 tdw. Mit solchen Vermessungsregeln zementierte das Abkommen die sogenannten »Paragraphenschiffe«. (3)

Auch die Familie Brammer war schwer von den Kriegsfolgen getroffen. Der Ewer war im Krieg verloren gegangen, und der Schoner musste trotz seiner geringen Größe an die Alliierten abgeliefert werden.

Nachdem die NSDAP vor dem Krieg ein Flottenprogramm gestartet hatte, legte sich die Familie schnell noch einen Nobiskruger Motorsegler – »Ina«, Typ »Ich verdiene« – zu. Dieses Schiff durften die Brammers behalten, und sie konnten damit ihren Lebensunterhalt bestreiten.

Abbildung 4: Kümo Typ »Ich verdiene«
(Küstenschifffahrtsmuseum Wischhafen)

Es war überraschend, wie schnell sich die deutsche Seeschifffahrt und die Werftindustrie nach dem verheerenden Krieg wieder erholten. Dies war größtenteils auf den Einsatz von couragierten Einzelpersonen zurückzuführen. Sie stellten sich den Demontageanordnungen der Alliierten entgegen, schafften wichtige Produktionsmittel beiseite und versteckten sie, bevor sie ins Ausland verschifft werden konnten, fälschten Packlisten und verhinderten so, dass unersetzliche Teile verschwanden.

Abbildung 5: Zustandsbild vom Hamburger Hafen 1945 (Heinrich Hamann)

Eines dieser Beispiele betrifft Kurt Brammers Kollegen Gerd und Kurt R. und deren Vater. Die Familie fürchtete,

Ihr Schiff an die Alliierten abliefern zu müssen. Um dies zu verhindern, bauten sie bei Nacht und Nebel den Motor aus und schafften ihn in ein Versteck auf der heimatlichen Werft. Das Schiff selbst wurde durch Herausschlagen einer Anzahl von Nieten in Hamburg am Liegeplatz versenkt und sank, während sie den langen Abend in der Dorfkneipe verbrachten.

Als man sich nun mit der Konservierung des Motors beschäftigte, kam der Werftbesitzer dazu und meinte: »Ihr braucht ein neues Schiff.« Gerd meinte dann: »Wi hebbt keen Geld.« Darauf der Werftmann: »Das lass mal meine Sorge sein. Kummt mol mit, ich war ji wat wiesen.«

Man ging zusammen in die Schiffbauhalle. Zur Überraschung von Kurt und Gerd lagen hier über den ganzen Hallenboden verteilt bis zu einem Meter tief Kartoffeln.

Der Werftmann meinte: »Die Hamburger haben Hunger, und mit dem Verkauf der Kartoffeln kriegt Ihr von mir den Kredit für Euer Schiff.« Kurt meinte dann: »Du hest ober keen Material!«, worauf der Werftmann entgegnete: »Wenn die Kartoffeln weg sind, hab ich auch die Schiffbauplatten. Die liegen darunter versteckt, und zwar genügend, um davon zwei Schiffe zu bauen. Macht Euch mal keine Gedanken, denn die Platten hat unser Führer schon bezahlt.

Später wurde auch das versenkte Schiff gehoben und instand gesetzt. Man hatte den Neuanfang geschafft.

Ähnlich wurde der Anfang auf der Jadewerft gestaltet. Die Großwerften hatten es wesentlich schwieriger, denn sie waren kriegsrelevant und wurden strenger kontrolliert.

Für die Brammers gestaltete sich der Anfang nicht so leicht, aber immerhin hatte man ein Kümo behalten und das war mehr, als die meisten Küstenschiffer von sich behaupten konnten. An den Bau eines Weselmann-Kümos hatte die Familie nicht gedacht, aber als am 3. April 1949 die Vorschriften des Potsdamer Abkommens weiter gelockert wurden, kam wieder der alte Optimismus auf. Auch hatte man mit der Nobiskruger MS »Ina« durchgehend Geld verdient. Kurz nach dem Kriege, noch unter britischer Fuchtel, wurde das Schiff eingesetzt, um Munition in der Ostsee zu versenken. Und nachdem die Bundesrepublik im Jahre 1948 gegründet worden war, wurde das Schiff eingesetzt, um einen großen Teil dieser Munition wieder herauszuholen. Man hatte dafür zwei Taucher an Bord, denn man wusste ja, wo das Zeug abgekippt war. Diese Taucher blieben dann auch gleich an Bord, denn im Anschluss an diese Tätigkeit bekam das Schiff einen längeren Kontrakt zum Steinefischen, um den Hafen von Malmö mit einer Steinmauer zu umgeben. Hierdurch ergaben sich gute Kontakte zu dem schwedischen Makler, die noch durch einige kleine Schnapsgeschäfte befeuert wurden. Nach Abschluss der Molenarbeiten ging man dann übergangslos in die schwedische Schnittholzfahrt über, wo relativ gut verdient wurde.

Bereits im Jahre 1950 wurde von der neuen Bundesregierung das Gesetzt zum Wiederaufbau der deutschen Handelsflotte verabschiedet. Am 3. April 1951 fielen die letzten Schiffbaubeschränkungen gemäß dem Petersberger Abkommen. Es durften jetzt Schiffe über 7000 BRT für die Große Fahrt gebaut werden, die auch keine Dampfmaschine mehr als Antrieb brauchten und schneller als 12 kn fahren durften. Die Großwerften, die großzügig bei der Beschaffung von Kriegsmaterial für Adolfs Marine beteiligt gewesen waren, durften auch wieder mitmischen, und bereits 1957 wurde mit der »Christina Onassis« in Deutschland das größte Schiff der Welt gebaut. Bei den kleineren Werften setzte ein regelrechter Bauboom ein. Neben einer Vielzahl von 299 BRT-Schiffen (siehe »Kümos mit der Vermessung 247 / 299 BRT (sog. »Weselmänner«)«, Anhang S. 155) wurden bereits im Jahre 1951 sieben 499 BRT-Kümos gebaut. Dank der kreativen Auslegung der Vermessungsrichtlinien entwickelte sich dieser Schiffstyp schnell zu einem absoluten Erfolg und wurde von allen deutschen Werften gebaut, die dazu in der Lage waren. Es wurden 440 Schiffe gebaut, wovon bei gleicher Vermessungsgröße der kleinste – die MS »Altes Land« – 690 tdw Ladung tragen konnte. Bei gleicher Größe steigerte sich die Tragfähigkeit dann auf wundersame Weise bis auf 2100 tdw (MS »Xandrina« nach Freibordreduzierung). Später, nach dem Verkauf des Schiffes in die Türkei, wurde die Tragfähigkeit sogar auf 2800 tdw angehoben.

7. Paragraphenschiffe

Die von der alliierten Kommission genehmigten Schiffe durften maximal eine Länge von 110 Fuß (33 Meter) und eine Breite von 23 Fuß aufweisen. Das Ingenieurbüro Weselmann entwickelte daraus ein kaum lebensfähiges Gefährt von 247 BRT und ca. 370 tdw Tragfähigkeit. Diese Schiffe konnten ohne Maschinisten gefahren werden, und der Kapitän brauchte nur ein kleines nautisches Patent. Weselmann hatte jedoch bereits bei der Konstruktion vorgesehen, diese Schiffe zu verlängern. Als die nächste Stufe der Schiffbaurestriktionen aufweichte, wurden fast alle diese Schiffstypen verlängert.

Abbildung 7: Der letzte Weselmann, verlängert und erhöht (I) (Neitzel)

Von den sogenannten Weselmännern wurden 90 Schiffe auf den deutschen Werften gebaut (siehe »Kümos mit der Vermessung 247 / 299 BRT (sog. »Weselmänner«)«, Anhang S. 155).

Abbildung 8: Der letzte Weselmann, verlängert und erhöht (II) (Neitzel)

Der nächste Schritt war dann die Größe von 299 BRT bei ca. 450 tdw. Dieser Schiffstyp fand ebenfalls große Verbreitung und wurde 70-mal auf den deutschen Werften gebaut.

Es gab in der Zeit von 1947 bis 1951 noch 73 Werften in Deutschland (ohne DDR) (siehe »Liste der Seeschiffswerften in Deutschland 1947 – 1951«, Anhang S. 150).

Als Zwischenstufe wurden dann von nur drei Werften speziell an der Este die Größe von 424 BRT mit ca. 680 tdw gebaut. Andere Werften haben diesen Schiffstyp (Quarterdecker) kaum gefertigt. Ihr Vorteil war, dass man das Schiff ohne Maschinisten fahren konnte und die Tragfähigkeit war gegenüber einem Volldecker größer. 125 dieser Schiffe wurden gebaut. (3) (4) (5) (6) (7) (8)

Nachdem am 3. April 1951 mit dem Petersberger Abkommen die Restriktionen im Schiffbau wegfielen, setzte sich ein absoluter Erfolgstyp durch – der 499 BRT Kümo. Auf fast allen deutschen Werften wurde dieser Schiffstyp gebaut; 440 Exemplare entstanden (siehe »Kümos mit der Vermessung 499 BRT«, Anhang S. 166).Wenn man in dieser Zeit einen Schiffer auf dem Deich um die Werft schleichen sah, ohne dass er ein Schiff dort liegen hatte, kam unweigerlich die Frage: »Na Hein, willst Du ein neues Schiff bestellen?« »Nee, nee, bist Du verrückt? Stell Dir mal diese enormen Kosten und die Schulden vor, die Du Dir damit an den Hals holst. Wenn Du die Schulden los bist, hast Du nur noch einen Haufen Schrott an Hals und kannst reparieren, bis Du pleite bist. Nee, nich mit mi!« Es wurden dann 22 Schiffe von dem Typ gebaut.

Nach den Oslo-Vermessungsregeln hatten all diese Schiffe eine Größe von 499 BRT, doch ihre Tragfähigkeiten steigerten sich auf trickreiche Weise. Hier konnten die Werften ihrem kreativen Verständnis der Vermessungsregeln freien Lauf lassen. Anhand der folgenden Liste lässt diese Entwicklung sich gut ablesen:

Schiffs-größe	Tragfähig-keit	Bau-jahr	Bauwerft
499 BRT	760 tdw	1951	Kremer / Elmshorn
499 BRT	830 tdw	1953	Sietas / Neuenfelde
499 BRT	935 tdw	1956	Sietas / Neuenfelde
499 BRT	920 tdw	1957	Peters / Wewelsfleth
499 BRT	900 tdw	1959	Meyer / Papenburg
499 BRT	1161 tdw	1961	Sietas / Neuenfelde
499 BRT	1265 tdw	1963	Sietas / Neuenfelde
499 BRT	1300 tdw	1963	Jadewerft / Wilhelmshaven
499 BRT	1310 tdw	1965	Meyer / Papenburg
499 BRT	1330 tdw	1965	Schlichting / Travemünde
499 BRT	1413 / 2831 tdw	1968	(Dualvermesung) Sietas / Neuenfelde
499 BRT	1420 tdw	1979	Bodewes / Westerbrok
499 BRT	1480 tdw	1979	Meyer / Papenburg
499 BRT	1906 tdw	1979	Sietas / Neuenfelde
499 BRT	1876 tdw	1982	Holland
499 BRT	1890 tdw	1983	Arminiuswerft / Bodenwerder

Tabelle 1: variable Tragfähigkeit bei 499 BRT-Kümos

Später gab es auch Schiffe mit 2100 tdw und sogar 2620 tdw. Nach der alten Vermessungsregel wurden von der Arminiuswerft in Bodenwerder dann noch 16 Schiffe abgeliefert.

Der 499 BRT-Kümo war der zahlenmäßig erfolgreichste Schiffstyp, der je in Deutschland entwickelt wurde. Die unter »Kümos mit der Vermessung 499 BRT« (Anhang S. 166) genannten Werften haben ihn gebaut. Am erfolgreichsten war die Sietas-Werft in Hamburg-Neuenfelde mit 148 abgelieferten Exemplaren, gefolgt von der Schiffswerft Hugo Peters in Wewelsfleth mit 66. In den Jahren von 1951 bis 1982 wurden auf deutschen Werfen 424 Schiffe nach Oslo-Vermessung gebaut.

Dass gerade dieser Schiffstyp so erfolgreich wurde, war einigen Aspekten geschuldet:

- Die Schiffe brauchten die SOLAS-Regeln hinsichtlich Festigkeit, Ausrüstung, Funkanlage, Feuersicherheit etc. nicht in vollem Umfang erfüllen und waren anderen Schiffen dadurch preislich überlegen.
- Sie konnten als Zweiwachenschiffe gefahren werden. Die Betriebskosten waren damit beträchtlich günstiger gegenüber anderen Schiffen, die nur eine BRT größer waren.
- Die Schiffe konnten in der Kleinen Fahrt eingesetzt und mit reduzierter Besatzung betrieben werden (z. B. musste kein zweiter Maschinist gemustert werden, es brauchte kein zweiter Steuermann an Bord sein).
- Es reichte das Patent A4, um die Schiffe als Kapitän zu führen. Überschritten sie allerdings die Kleine-Fahrt-Grenze, musste ein A6-Kapitän an Bord und die vorstehend genannten Leute gemustert sein.
- Hafengebühren, Lotsengebühren, Kanalgebühren, Heuern der Seeleute wurden entsprechend der Größe für ein 499 BRT-Schiff gezahlt, doch die Tragfähigkeit lag teilweise weit über entsprechend schlechter vermessenen, größeren Schiffen – und damit auch

die Einnahmen. Damit konnte der Reeder einen Teil seiner gestiegenen Schiffbaukosten wieder auffangen.

Ein Loblied soll hier auch auf den Gesetzgeber gesungen werden, der mit der Anpassung der Fahrtgrenzen, Versicherungsregeln, Ausbildungsrichtlinien, Abgaben Bestimmungen dazu beigetragen hat, dass sich dieser Schiffstyp zum europäischen Arbeitspferd entwickeln konnte.

Dann entwickelten die deutschen Werften einen weiteren Erfolgstyp: 999 BRT mit ca. 3800 tdw Tragfähigkeit. Davon wurden 223 Stück gebaut. Diese Schiffe konnten mit kleiner Besatzung bis ins Mittelmeer und nach Westafrika fahren, durften als Zweiwachenschiffe betrieben werden und brauchten keine Notfeuerlöschpumpe (siehe »Kümos mit der Vermessung 999 BRT«, Anhang S. 168).

Es folgte eine weitere Entwicklungsstufe: die Schiffe mit der Vermessungsklasse 1.599 BRT (siehe »Kümos mit der Vermessung 1.599 BRT«, Anhang S. 170), die ab 1975 in den Markt drängten. Bei ihnen genügte es, eine abgespeckte Funkanlage zu installieren, und ein Funker brauchte nicht gefahren zu werden. Die Notfeuerlöschpumpe konnte ebenfalls entfallen. Man rechnete mit jedem Pfenning und konnte die Schiffe noch kostengünstig auf deutschen Werften in Auftrag geben. Das wirtschaftliche Umfeld stimmte: Es gab genügend Leute, die zur See fahren wollten. Es gab Navigationsschulen und Ingenieursschulen, die genügend Seeleute ausbildeten. Der Gesetzgeber passte die Ausbildungspläne dem Bedarf für die Schiffsgrößen an. Deutschland und Schweden waren nach Japan die Nummer Zwei im Weltschiffbau. Das sollte sich jedoch schnell zum Schlechteren verändern.

8. Schiffsvermessung

Im Jahre 1969 wurde das neue Londoner Schiffsvermessungsübereinkommen ratifiziert, mit dem das alte Osloer Vermessungsabkommen abgelöst werden sollte. Man wollte den Tricksereien mit der alten Vermessung wohl Einhalt gebieten. Deutschland unterschrieb das Abkommen im Jahre 1975 und trat damit der BRZ-Vermessung bei, die dann im Jahre 1982 endgültig in Kraft trat und Gesetzeskraft erlangte. Es gab aber noch eine Übergangsfrist bis zum Jahre 1994, um die Bestandsschiffe einzugliedern. Weil mit der Auslegung der alten Regeln kein Erfolg mehr zu erzielen war, spielten Vermessungsregeln nun keine betriebsbestimmende Größe mehr.

Als wohl letztes Schiff der alten Weselmänner wurde die MS »Seeadler«, Heimathafen Helgoland, im Oktober 1990 in Stettin umgebaut. Hier wurde dann gleich richtig zugeschlagen: Das Schiff wurde über die ganze Länge vom Kollisions- bis zum Maschinenraumschott aufgeschnitten und bekam einen »box-shaped« Laderaum mit glatten Innenwänden und erhöhtem Lukensüll verpasst. Das Schiff wurde um 7,80 Meter verlängert, auf den Minimumfreibord von 50 mm reduziert, und die Tragfähigkeit auf 500 tdw gesteigert. Um das Ganze abzurunden, gab es Stahl-Faltlukendeckel, die hydraulisch mit Seilzug geöffnet wurden.

Abbildung 9: Die erste Beladung nach Verlängerung, Erhöhung und Lukenbau (Neitzel)

Wer nun denkt, die Schiffsvermessung sei eine neue Disziplin, wird enttäuscht sein zu hören, dass die Schiffsvermessung bereits auf die alten Ägypter zurückgeht. Um die Größe eines Schiffes zu bestimmen, wurde damals in Scheffeln Getreide gemessen. Bei den alten Griechen wurde die Größe eines Schiffes nach der Anzahl Weinfässer (Tonnen) bestimmt, die das Schiff befördern konnte. Die Bezeichnung »Tonne« wurde dann bis in die Neuzeit hinübergeschleppt, und man sprach von »Bruttoregistertonnen« (BRT). Diese Zahl hat mit einer Gewichtstonne nichts zu tun, sondern ist ein Raummaß von 2,38 Kubikmetern (9).

Hein Brammer war einer der letzten Reeder, die noch schnell 1982 ein Schiff nach den alten Osloer Vermessungsregeln bestellten. Nach MS »Mia« und MS »Ina« sollte es nun MS »Ria« heißen. Damit war MIR nun komplett, und Hein war sehr stolz. Das Schiff wurde nach den alten Vermessungsregeln bestellt, aber mit dem neuen BZR-Messbrief von 1558 BRZ ausgeliefert. Hein konnte jedoch erwirken, dass für sein Schiff noch eine sogenannte »Vermessungsbescheinigung« für die alte 499 BRT-Vermessung ausgestellt wurde.

Um dieses Vermessungsergebnis zu erreichen, trickste die Werft in altbekannter Weise und baute im vorderen Bereich über der Tankdecke der Doppelbodentanks einen riesigen Tank ein, sowie ein paar offene Räume im achteren Bereich, die nicht vermessen wurden. Nachdem die Beamten des Bundesamtes für Schiffsvermessung aus der Werft abgerückt waren, wurde dieser riesige Teil wieder herausgebrannt und für ein weiteres Schiff verwendet, das auch »geschrumpft« werden sollte.

Um an diesem (»fake«) Tank keine teuren, aufwändigen Schweißarbeiten ausführen zu müssen, benutzte die Werft eine Sikomastik-Spritze und klebte die sogenannte »Schweißnaht« damit ab. Anlässlich der Tankabnahme wunderte sich der Schiffbauexperte vom GL, dass sein Pickhämmerchen immer wieder von der Schweißnaht abprallte, dachte er doch, es säße noch Schlacke auf der Schweißnaht. Als er merkte, dass die Werft auf Betrug aus war, jammerte er mit Tränen in den Augen: »Nee, Lüüd, nee, tut mir sowas nicht an, nicht drei Monate vor der Pensionierung! Der Tank wird fachmännisch verschweißt und ordentlich auf Dichtigkeit abgedrückt!« Eine Woche später wurde auch dieses Teil wieder herausgebrannt und dann verschrottet. Damit ging die Ära der Paragraphenschiffe zu Ende.

BESCHEINIGUNG

über das Meßergebnis

BUNDESREPUBLIK DEUTSCHLAND
FEDERAL REPUBLIC OF GERMANY

STATEMENT OF TONNAGE MEASUREMENT

Das Bundesamt für Schiffsvermessung bescheinigt hiermit, daß das

Schiffsgattung Description of ship	Name des Schiffes Name of Ship	Unterscheidungs- signal Distinctive Letters	Heimathafen Port of Registry
Frachtschiff Cargo ship			HAMBURG

in Übereinstimmung mit der IMO-Entschließung A. 494 (XII)

»Überarbeitete Zwischenlösung für die Vermessung bestimmter Schiffe«

nach den vor dem 18. Juli 1982 in der Bundesrepublik Deutschland geltenden Vermessungsvorschriften, den Oslo-Regeln, vermessen wurde.

This is to certify that the Federal Board of Tonnage Measurement has measured the above named ship in accordance with IMO Resolution A. 494 (XII)

REVISED INTERIM SCHEME FOR TONNAGE MEASUREMENT FOR CERTAIN SHIPS

applying the national tonnage rules (»Oslo Rules«) as in force in the Federal Republic of Germany before 18 July 1982

Bruttoraumgehalt Gross tonnage **459,80** Registertonnen Register tons

zugehöriger Tiefgang accompanying moulded draught **3,65 m** (max.)

Die betreffenden Abschnitte der Entschließung sind umseitig abgedruckt.
Relevant parts of the resolution have been printed overleaf.

Ausgestellt in Hamburg, den **21. September** 19 **90**
Issued at

Neue Behördenbezeichnung:
~~Bundesamt für Seeschiffahrt und Hydrographie~~
~~Federal Maritime and Hydrographic Agency~~

Bundesamt für Schiffsvermessung
Federal Board of Tonnage Measurement

Im Auftrag
~~Direktor~~
~~Head of Federal Board~~

Bemerkung/Note:

Auf Wunsch des Reeders wird bestätigt, daß für das oben genannte Schiff auch der Nettoraumgehalt gemäß den Oslo-Regeln ermittelt wurde.

On the owner's request is certified that the Net tonnage too of the above mentioned ship was calculated according to the Oslo rules.

Nettoraumgehalt Net tonnage **264,93** Registertonnen Register tons

Abbildung 10: Messbrief für 499 BRT

Für diesen Neubau wurde von der Familie Brammer nicht mehr die GbR (Gesellschaft bürgerlichen Rechts) gewählt, sondern man wählte als Gesellschaftsform die GmbH & Co. KG, denn das Geld der Familie reichte bei Weitem nicht mehr aus, um mit den galoppierenden Schiffspreisen Schritt zu halten. Man nahm Kommanditisten auf, aus Kreisen von Zahnärzten, Chemiefirmen, Brauereien. Der Befrachtungsmakler steuerte auch etwas dazu, um das Schiff ans Kontor zu binden. Auf Fördermittel verzichtete Hein, denn, wie er sagte, er wollte nicht vor einem Beamten in die Knie gehen und auch noch sein letztes Hemd herunterlassen müssen. Der Kaufpreis konnte mit Ach und Krach aufgebracht werden. Die finanzierende Bank war auch nicht mehr so pingelig und verlangte keine 50 % Eigenmittel, sondern war bereits mit 30 % zufrieden. Der Reeder selbst sollte zumindest hierbei den größten Anteil aufbringen.

Nach der neuen Vermessungsregel war das Schiff auf einmal auf wundersame Weise von 499 BRT um 1567 BRT gewachsen und trug jetzt 2620 tdw, allerdings bei reduziertem Freibord. Nach dem 18. Juli 1994 wurden die alten Vermessungstricks obsolet, und es wird nur noch nach Bruttoraumzahl vermessen.

Nicht nur bei der Vermessung wurden Tricks angewandt, sondern auch bei der Maschinenleistung wurde getrickst, um den Maschinisten einzusparen, oder nur einen Maschinisten fahren zu müssen, oder die Leistung so klein zu rechnen, dass ein Maschinistenpatent mit kleiner Ausbildung reichte. Hein Brammer war auch hier seinen Kollegen voraus. Er persönlich verfügte neben dem Kapitänspatent für Kleine Fahrt (A4) auch über ein Maschinistenpatent bis zu einer Leistung von 750 kW

(CKü). Damit brauchte man zumindest keinen zweiten Maschinisten zu mustern. Für den letzten Neubau mit einer Maschinenleistung von 1750 kW kam ihm dann der geniale Gedanke, ohne den teuren Maschinisten zu fahren, indem er vorne an die Hauptmaschine einen Wellengenerator baute. Vorne wurden 1000 kW abgenommen, also blieben an der Welle nur 750 kW, und diese Leistung zählte für die Schiffsbesetzung. Dies reichte aber, um das Klassenzeichen E2 zu bekommen und im Winter die Ostsee zu befahren, und in der Sommerzeit sparte man Hafengebühren, die für andere Schiffe erhoben wurden. Und Hein konnte sich die Maschinistenheuer selbst verdienen oder mit dem eingesparten Geld die Schiffshypothek bedienen.

Selbst in der heutigen Neuzeit hat ein Schiff immer noch keine einheitliche Größe. Im Suezkanal ist das Schiff, welches in Deutschland z. B. 15.636 BRZ groß ist, nur noch 15.361 BRZ groß, und wenn es dann auch noch durch den Panamakanal schwimmt, ist es auf einmal auf eine Größe von 6.715 BRZ geschrumpft, ohne dass jemand daran geschraubt hätte.

Dann im Jahre 1986 ging die Harmstorf-Gruppe in die Insolvenz, und die VEBA-Gruppe wollte ihre in der bergreichen, waldigen Gegend an der Oberweser liegende Arminiuswerft loswerden. Der Druck durch die holländischen Binnenschiffswerften wurde zu groß. Es fand sich ein neuer Gesellschafterkreis aus den Resten der zur Harmstorf-Gruppe gehörenden Büsumer Schiffswerft zusammen. Diese war erfahren im modernen Kümobau (12+ 499 BRT-Schiffe wurden hier abgeliefert), und man war der Meinung, mit in einer bergreichen Gegend gebauten Kümos sei auch Geld zu verdienen. Es wurde vom

Schiffbaubüro Egmont Streit ein Prototyp entwickelt, der als Peak Point der auslaufenden 499 BRT-Vermessung gelten kann, denn das Schiff musste aus dem Mittelgebirge über die Weser ja auch irgendwie in die Nordsee kommen. Hier waren neben den Vermessungsregeln verschiedene zusätzliche Aspekte zu berücksichtigen:

- Es musste kostendeckend gearbeitet werden.

Nach Übernahme durch die neuen Eigner entwickelten die tüchtigen Ingenieure Fritze und P. Denker neue Ideen, um die verstaubte, 1902 gegründete Binnenschiffswerft etwas aufzuhübschen. Der Schürboden wurde abgeschafft und optische Übertragung auf neue, mit Mehrfach-Brennaggregaten bestückte Brennschneidmaschinen eingeführt. Ersparnis von fünf Fachleuten. Ein neues Plattenlager wurde angelegt und mit Magnetkranhebesatz bestückt. Ersparnis von drei Fachleuten. Der Rohrbau wurde weitgehend automatisiert. Durch diese drei Maßnahmen konnte Personal abgebaut, dabei aber trotzdem Qualität verbessert und Lieferzeiten verkürzt werden.

- Die neuen Schiffe mussten den Gegebenheiten des Flusses – den Brückendurchfahrtshöhen und den Schleusen in Hameln – angepasst werden.

Wegen der Schleuse wurde die Schiffsbreite an die maximale Durchfahrtsbreite angepasst. Um die Schiffe unter den Brücken hindurch zu bekommen, wurde das Deckshaus im unteren Deck mit einem sog. »Heuboden« (void space) versehen und in den Abmessungen Höhe und Breite so gehalten, dass es für den Transport in den Laderaum passte, ohne über die Lukencoaming hinauszuragen. Die Back vorne wurde ebenfalls im Laderaum gestaut. Ansonsten war das Schiff komplett fahrbereit und wurde vom Kapitän mit drei provisorisch an der hinteren Lukencoaming angeschweißten Hebeln für Ruder, Hauptmotorbedienung und Bugpropeller bedient. Ein Schalldämpfer für den Hauptmotor konnte nicht montiert werden, was naturgemäß einen unvergleichlichen Klang erzeugte. Die Ballastkapazität des Schiffes entsprach der Tragfähigkeit, um unter den Brücken auf maximalen Tiefgang abtauchen zu können. Man fuhr mit minimalem Tiefgang, mehr ließ der Fluss nicht zu, bis zur ersten Brücke, die bereits in Sichtweite der Werft auftauchte. Hier wurde gestoppt und auf maximalen Tiefgang Ballastwasser in die Tanks gepumpt, um mit eingezogenem Kopf und flatternden Nerven unter der Brücke hindurch zu schleichen. Nach der Brückenpassage wurde der komplette Ballast gelenzt, und man fuhr weiter weserabwärts bis kurz vor das Kraftwerk Grohnde. Hier war auch der Minimumtiefgang nicht ausreichend, um das Flussstück bis Hameln zu passieren. Man bestellte sich dann eine Flutwelle beim Eidersperrwerk im Harz. Für das erste Kümo musste der Trick zweimal angewandt werden, was viel Überredungskunst seitens der Werft erforderte, denn das Wasser der Talsperre war dazu bestimmt, die Hamburger Bürger mit Trinkwasser zu versorgen, und nicht, Kümos bergab zu begleiten.

• Das Schiff wollte nicht ins Wasser.

Die Werft hatte bis dato nur Binnenschiffe vom Stapel gelassen. Ein Binnenschiff ist wesentlich leichter als ein Seeschiff und zusätzlich auch noch länger, sodass sich das Gewicht über eine größere Länge des Slipwagens verteilt. Die Querhelling-Slipanlage war für Schiffe mit einem Gewicht von 800 t ausgelegt, bei 110 m Länge. Doch der erste Kümo-Prototyp wog bereits 1200 t, bei einer Länge

von nur 81 m. »Wird wohl gehen«, meinte der Betriebs-
ingenieur. Ging auch ein paar Meter, bis die erste Schiene
brach. Nach der Reparatur brach eine Rolle des Slipwagens, dann noch eine, dann zwei Schienen, und so kam
dann innerhalb von Stunden das Schiff an der Wasser-
kante an und wurde von unten nass, hat sich dann wohl
erschrocken und weigerte sich zu schwimmen: Tiefgang
zu groß, Wasserstand zu gering.

Man diskutierte und fuhr am nächsten Tag mit dem
Vorhaben des Zuwasserbringens fort. Es wurden auf dem
gegenüberliegenden Flussufer zwei Raupenschlepper
positioniert und fest gelascht. Vom Schiff wurden zwei
Stahlseile auf die andere Seite des Flusses gegeben. Die
Weserschifffahrt (oder was davon übrig war) wurde ge-
sperrt. Auf Kommando zogen die Trecker kräftig, doch
die Lady sträubte sich zu schwimmen. Hier half also nur
ein mehrmaliges Bitten an die Entscheidungsträger bei
den Talsperren: »Schickt Wasser runter!« Die Lady bekam dann noch ihren Namen – »Simone« – wurde sanft
von unten angehoben, und dann schwamm sie auch. Da
die Flutwelle mit sechs Stundenkilometern den Fluss he-
runterlief, wollte die Lady gleich mitlaufen. Hier kamen
die Seile zum Einsatz, und das Schiff wurde zärtlich an
das Werftufer zurückgeholt. Um später die Flachstelle
bei Grohnde zu passieren, wurde der Trick erneut angewandt. Nur musste das Schiff mit der Wasserwelle mithalten. Das gelang problemlos aus eigener Kraft, bis man
Bremerhaven erreichte. Hier wurde das Schiff komplet-
tiert.

Das Ruderhaus wurde aus dem Laderaum gehievt und
an seinen vorgesehenen Platz gesetzt und wurde, dank
des vorbereiteten Heubodens, innerhalb von einer Nacht

mit dem Schiffskörper verschweißt. Alle Restarbeiten verliefen termingerecht, und beim Hafengeburtstag räkelte sich das neue Schiff stolz zwischen den großen Übersee-Segelschiffen.

Abbildung 11: Stapellauf in bergreicher Gegend (Neitzel)

Abbildung 6: (v. l. n. r.): Ruderhaus passend in Breite und Höhe zum Laderaum; Schiffsbreite passend zur Schleuse; Schiffshöhe passend, um unter den Brücken zu passieren

Von diesem Schiffstyp baute die Arminiuswerft in Bodenwerder weitere 16 Stück, wodurch die Anzahl aller 499 BRT-Schiffe auf 440 anwuchs.

Hiermit ging die Ära der 499 BRT-Kümos zu Ende. Später baute die Arminiuswerft diesen Schiffstyp in Russland als Onega Arminiuswerft weiter. So wurden die Probleme der Weserpassage und der Hamelner Schleuse umgangen, und man wählte eine Breite von 12,50 m und steigerte so die Tragfähigkeit um über 2280 tdw auf 3110 tdw. Die Vermessung spielte nur noch eine untergeordnete Rolle.

Abbildung 12: Das zweite Schiff aus der bergreichen Gegend fährt erstmalig zur See (Neitzel)

9. Erster Nachkriegsneubau

Karl Brammer befand sich im März 1953 auf einer Holzreise von Schweden nach England, und über Nacht wurde das britische Pfund um 30 % abgewertet. Karl, der als Kapitänsreeder an Bord war, schloss die Reise mit einem hohen Verlust ab. Das ließ den Entschluss reifen, sich zwei Neubauten mit der 499 BRT-Vermessung bauen zu lassen und das Kümo »Ina« zu verkaufen. Man setzte sich mit dem Familienrat zusammen und führte lange Diskussionen, ob die Finanzierung zu stemmen wäre, und in welcher Höhe. Man dachte dabei auch an die Zukunft von Karls Sohn Hein Brammer, der inzwischen die Seefahrtschule in Grünendeich besuchte, um das Steuermannspatent und später das Kapitänspatent für die Kleine Fahrt zu erwerben. Er sollte sein eigenes Schiff haben und nicht irgendwo als Setzschipper (angestellter Kapitän) landen. Für die Finanzierung musste das Ersparte herangezogen werden, und der Verkaufserlös der »Ina« ging auch mit drauf. Die Werft und die finanzierende Bank verlangten 50 % Eigenkapital. Da das Geld nicht reichte, steuerten Onkel Erwin und der Pächter der Esso-Tankstelle aus der nahen Kleinstadt den Rest mit dazu. Es gab bereits die § 7d-Finanzierung (siehe »Quellen der Schiffsfinanzierung 1950 – 1955«, Anhang S. 171), aber Hein wollte sich nicht vom Staat gängeln lassen und versuchte, alles aus eigener Kraft zu stemmen, was ihm hier auch noch gelang. Er musste lediglich eine Schiffshypothek bedienen.

Weil alle Parteien einander vertrauten, wählte man als Gesellschaftsform die GbR (Gesellschaft bürgerlichen

Rechts). Das wusste aber kaum jemand, und die Reederei wurde nur als »Gebrüder Brammer GbR« geführt. In so einer Gesellschaftsform haftet jeder Einzelne der Beteiligten für die Gesamtschulden der Gesellschaft und damit aller Teilnehmer. Das war für die Protagonisten ein gewaltiges Risiko, hatte aber den Vorteil, das die Bank auch Vertrauen hatte und der Zinssatz um 1,5 % abgesenkt wurde. Man riskierte etwas, weil man von dem, was man dort wagte, überzeugt war. Es wurden zwei 499 BRT Shelterdecker geordert. Dies war ein erfolgreicher Schiffstyp mit großem Laderaumvolumen, der häufig in der Linienfahrt eingesetzt wurde.

Die Küstenschifffahrtseigner waren ausnahmslos in der Gegenseitigkeitsversicherungs-Gilde Mitglied und dort versichert. Das war aber auch die einzige Gemeinsamkeit. Wäre man damals gemeinsam aufgetreten und hätte nicht gegeneinander gearbeitet, wären einige Familienbetriebe wohl heute noch am Leben.

10. Schiffergilden

Aber immerhin fand man sich in den Versicherungsgilden zusammen. In der Zeit um 1970 gab es hier an der Elbe vier Gilden. Unter dem später einsetzenden wirtschaftlichen Druck wurde 1987 ein Zusammenschluss erzwungen. Mit der ANTRA in Drochtersen ging 2002 die letzte Gilde pleite.

Einmal im Jahr fand das Highlight statt: der große Versicherungsball. Die Küstenschiffseigner fanden sich im größten Saal des Dorfes zusammen. Nach der Begrüßung durch den Ältermann wurden die Großschäden des abgelaufenen Jahres behandelt und analysiert. Es ging im Allgemeinen um den Umlagefaktor. Wenn jemand einen Großschaden verursacht hatte, mussten alle Mitglieder nachzahlen. Dieser Betrag richtete sich nach der Schadenshöhe und der Schiffsgröße des Mitglieds. Der Unglücksrabe, der den Schaden verursacht hatte, wurde aufgefordert, vor der versammelten Gilde Stellung zu nehmen und wurde kostenmäßig besonders belastet, oder im schlimmsten Fall aus der Gemeinschaft ausgeschlossen. Je nach Alkoholpegel und Schadenshöhe wurde es dann sehr laut. »Du Mors büss besopen wesen, so dösig kann gor keen een sein, um dor rintofohrn!« (»Du Arschloch warst besoffen, denn so dämlich kann niemand sein, um dort hineinzufahren!«)

Heins Nachbar Oliver Sasse hatte es geschafft, mit voll beladenem Schiff in der Ålandsee in einen Felsenkessel zu fahren und sich einen 92 Tonnen Bodenschaden zuzuziehen. Da sämtliche Ballast- und Brennstofftanks vollgelaufen waren, konnte man das Schiff da auch nicht mehr herausbringen. Es musste vor Ort geleichtert werden. Havarie Grosse (»Große Havarie«: der Ladungsempfänger beteiligt sich am Kaskoschaden) entfiel. Es wurden also alle Kosten auf die Schultern der Gildenmitglieder abgeladen.

Nachdem das Schiff entladen worden war, stellte der Bergungsunternehmer zwei dieselmotorbetriebene Kompressoren auf die Tankdecke und pumpte so viel Luft in die defekten Tanks, dass das Schiff auf dem Luftpolster elegant über die Felsen glitt. Auf dem Weg in die Werft nach Turku fing die Bergungscrew mit der Siegesfeier an. Den Wodka dafür hatte ihnen Oliver verkauft; er wollte wohl seine Verluste minimieren. Und so vollbrachte die Bergungscrew das Meisterstück, das Schiff, das einen größeren Tiefgang als der Schlepper hatte, mit Wucht auf einen anderen Felsen zu setzen und der Maschinenraum lief voll. Oliver hatte einen Bergungsvertrag auf Basis »nock to nock« abgeschlossen, das heißt, wenn nach der Bergung etwas passiert, zahlt jede Partei ihren Schaden selber. Dem Schlepper war ja nichts passiert. Das Schiff wurde dann nach der zweiten Bergung doch noch gedockt, um festzustellen: constructive total loss (technischer Totalschaden).

Nachdem dieser und andere kleinere Fälle abgeschlossen waren, stießen die Damen zur Versammlung dazu, und es wurde fröhlich.

Solche Versammlungen endeten immer morgens um vier mit einem großen »Lagerfeuer« auf dem Saal. Diese privaten Begegnungen trugen mehr zum Zusammenhalt der Branche bei als es die offiziellen Organisationen je konnten. Nachdem alle Gegenseitigkeitsgilden aufgeben mussten, infolge von Mitgliederschwund und wegen der enormen Preissteigerungen bei den Schadensregulierungen, versuchte man diesen Zusammenhalt in sozialer Hinsicht wieder aufleben zu lassen, aber das Vorhaben scheiterte.

Hein, der immer noch den Kapitän ablöste, dirigierte die beiden anderen Schiffe mit dem sogenannten »Nordisk Telefon«. Das war der Vorläufer des Handys, mit einer in Skandinavien registrierten Nummer. Man konnte damit telefonisch den gesamten Ostseeraum abdecken, einen Teil der Nordsee, und mit Ausnahme eines Funklochs hinter den Färöern konnte man sogar Island erreichen. Die Deutsche Post sah so etwas gar nicht gerne und sehr verbissen, und der Schipper verdiddelte seine Zeit immer noch mit Norddeich Radio, um eine offiziell genehmigte Verbindung herstellen zu lassen.

Die Zeiten waren schlecht. Nach Heins Philosophie waren die Zeiten immer schlecht, doch trotzdem blieb man der Küstenschifffahrt treu verbunden und nahm die täglichen Herausforderungen im Überlebenskampf an. Taten sich Möglichkeiten auf, die wirtschaftlichen Probleme zu minimieren, wurden sie genutzt. Zum Beispiel fuhr Hein ca. alle zwei Wochen durch den Kiel-Kanal. Selbstredend benutzte er als Selbstklarierer immer seine ungültige 499 BRT-Vermessungsbescheinigung, um die Kanalgebühren zu bezahlen. So ein Papier war bares Geld wert. Selbstklarierer sind kleinere Schiffe, die oft durch den Kanal kommen und die Gebühren sofort und in bar in der Schleuse bezahlen. Nach sieben Jahren wurde er mit seiner ungültigen Vermessungsbescheinigung erwischt. Man hatte wohl eine Innenrevision durchgeführt, und ein pflichtbewusster Beamter war auf den Vorfall aufmerksam geworden. Vater Karl Brammer bekam einen bösen Brief von der Kanalbehörde, mit der Aufforderung, für den Zeitraum von sieben Jahren die Differenz in den Kanalgebühren nachzuzahlen. Ihn traf fast der Schlag. Heins Anwalt prüfte den Sachverhalt und stellte fest, dass fünf der sieben Jahre verjährt waren. Hein rief triumphierend zuhause an: »Guck Vadder, da haben wir doch ein schönes Geschäft gemacht.«

Das ging nicht immer so glatt. Hein sah immer noch einen Funken Hoffnung, die deutsche Flagge hochzuhalten, und bildete drei junge Leute aus. Einen auf MS »Mia«, einen auf MS »Ina«, einen auf MS »Ria« (MIR). Wenn er sonntags durch den Kanal kam, nutzte er die Gelegenheit, den jungen Leuten das Steuern zu vermitteln. Die Jungmänner taten das mit viel Begeisterung und Stolz. Es war eben etwas Besonderes, so ein Schiff zu steuern. Bei einer solchen Kanalpassage kam ein Beamter des Amtes für Arbeitsschutz (AfA) an Bord, um zu prüfen, ob es den Leuten auch gut ging, ob sie genug Schlaf bekamen, nicht über Gebühr Überstunden zu leisten hatten, nett behandelt wurden und es auch immer etwas zu essen gab. Der Beamte bemängelte aufs Schärfste, dass Hein den Jungmann am Sonntag arbeiten ließ. Hein erläuterte seinen Bildungsauftrag: »Am Montag geiht dat nicht, dor sünd wie rut ut'n Kanol.« Diese Auffassung wurde vom Beamten barsch zurückgewiesen, worauf Hein meinte: »Soll he in de Kammer sitten un onaniern? Dor lehrt he nix, datt kann he schon.« Hein wurde amtlicherseits mit 850 Euro Strafe belegt.

Die deutsche Flagge franste immer mehr aus, und es war sehr schwer, einen Urlaubsablöser zu bekommen. Besonders traf das auf den Maschinendienst zu. Wie bereits gesagt fuhr Hein in Personalunion als Kapitän und Maschinist, wenn dieser im Urlaub war. Dann fuhr nur des Meisters Seefahrtsbuch spazieren. Wegen Unterbesetzung war er schon zweimal aufgefallen und zur Kasse gebeten worden. Bei einer weiteren Straftat wäre eventuell mit Gefängnis zu rechnen gewesen. Um dies zu vermeiden, hatte Hein seinen Cousin mit Maschinenpatent in Kiel und einen guten Bekannten in Cuxhaven auf Stand-by. War mal wieder Not am Mann, wurde mitgeteilt, man solle doch bitte die »Frau des Maschinisten von Bord holen«. Das war das Stichwort, und je nach Kanalseite machte sich einer der Maschinisten mit Schlepper oder Boot auf den Weg, um vor dem Einlaufen in die Kanalschleuse und vor einer Kontrolle an Bord zu sein.

11. Containerschifffahrt

*E*ntwicklung der Containerschifffahrt
Von den USA ausgehend, wo die Containerisierung ab dem Jahre 1966 begann, schwappte diese Entwicklung auch auf Deutschland über. Die kleinen auf den Kümobau spezialisierten Werften erkannten sofort das Potential und nahmen die Herausforderung an. Es war klar, dass die großen Übersee-Containerschiffe niemals die Verteilerfunktion auf kleinere Häfen übernehmen konnten, sehr wohl aber Kümos, bzw. die zu entwickelnden Feederschiffe. Bereits im Jahr 1968 bauten die Werften Sietas und Schlichting die ersten Containerschiffe in Deutschland. Die große Schifffahrtsnation Norwegen war immer noch skeptisch, ob dieser Trend sich überhaupt weltweit durchsetzen würde. Hein Brammer beäugte die Entwicklung aufmerksam und mit großem Interesse. Sein Vater Karl hielt gar nichts davon. Innerhalb von vier Jahren gab es bereits eine Vielzahl dieser kleinen Containerschiffe im Deutschland. Selbstverständlich konnten diese Schiffe auch noch andere Ladungen fahren. Langsam wachten auch die Großreeder auf, und 1970 war die »Sydney Express« mit 1500 Containern das größte Containerschiff Deutschlands.

Hein war inzwischen, nach der Geburt seiner Tochter, zum zweiten Mal Vater geworden, und seine Rita schenkte ihm den lang ersehnten Stammhalter Georg. Damit war das Tor zu einer neuen Entwicklung aufgestoßen, und man entschied, einen Containerschiffsneubau in Auftrag zu geben. Das älteste Kümo MS »Mia« sollte verkauft werden. Heins »Vertrauensmakler« fand auch bald einen mutigen, risikobereiten Kapitän aus der Großen Fahrt, der das Schiff übernehmen sollte. Nachmittags um 15 Uhr am 5. Mai rief Hein bei mir an. »Bernd, Du musst mal Reinhard Lutz anrufen. Du weißt schon: der, der die MS »Mia« von mir gekauft hat. Der hat irgendwas mit der Maschine.« Reinhard hatte gerade von der Klagemauer im Hamburger Fischereihafen abgelegt, um seine erste Reise als Neureeder anzutreten. Klagemauer wurde diese Kai genannt, weil hier die kleinen Schiffe festmachten, wenn sie auf neue Beschäftigung warten mussten oder Wartezeit zu überbrücken war, weil die Ladung nicht klar war oder Papiere fehlten. Ich rief Lutz an, der sich auf der Höhe von Teufelsbrück befand. »Kapitän Lutz, was gibt's?« »Ich weiß nicht, aber die Maschine gibt so kreischende Geräusche von sich.«, meinte er. »Wo kreischt es denn?« »Mehr hinten.« »Wo hinten? Mehr oben (Turbolader) oder mehr unten (Drucklager)?« »Mehr hinten unten.«, meinte Kapitän Lutz. »Bestellen Sie sich einen Schlepper, der Sie zurück bringt.« »Das geht nicht! Ich bin ja gerade erst angefangen, und das wird zu teuer.« »OK, ich komm da hin.« »Danke!«. Vieler Worte braucht es in Norddeutschland nicht.

Als ich im Fischereihafen ankam, hatte Kapitän Lutz bereits festgemacht. Ich turnte in den Maschinenraum, wo ich bereits von einem ölbespritzten Maschinisten erwartet wurde. Wir öffneten den Kurbeltrieb des Hauptmotors, und es quoll uns eine pastöse, gelbliche Masse entgegen; sah ein wenig wie Durchfall aus. Was war passiert? Das Schiff hatte ein außen liegendes Drucklager (nicht innerhalb des Motors verbaut). Dieses Drucklager verfügte über einen seewassergekühlten Ölkühler. Wegen der geringen Maschinenleistung wäre der nicht nötig gewesen, denn zusätzlich wurde das Schmieröl auch noch durch den Hauptmotorkühlkreislauf zirkuliert. Vor langen Jahren war an diesem Ölkühler einmal eine Leckage aufgetreten. Der Meister hatte das sofort gemerkt, denn es wurde zweimal täglich Öl gepeilt. Er hatte diese Kühlwasserleitung abgeblindet, und alles war in Ordnung. Als wir nun nach der Ursache des Neuschadens suchten und uns in der Enge der Bilge am Drucklager näher kamen, stellte sich heraus, dass der Meister eine Dame war, die im zweiten Semester Schiffsbetriebstechnik studierte. Sie war mit Kapitän Lutz verlobt. Diese pflichtbewusste Dame hatte die blindgesetzte Kühlwasserleitung entdeckt und wieder angeschlossen. Unglücklicherweise hatte sie damit das Drucklager und den Hauptmotor mit Elbwasser aufgefüllt, und das verträgt selbst der beste Motor nicht.

Es zeigte sich das folgende Schadensbild:

- Drucklager zerstört
- Kurbelwelle nach vorne geschoben und Hohlkehle in der Grundplatte ausgerieben
- Grundplatte angelaufen
- Alle Lager Schrott, der Ölkreislauf mit Metallabrieb verunreinigt
- Kapitän und Neureeder moralisch am Boden
- Schiff konstruktiver Totalverlust

Das Reederleben von Reinhold Lutz endete bereits am ersten Tag. Er schimpfte dann noch fix mit Hein Brammer. Der erwiderte trocken: »Dat geiht mi nix an.« Menschlich fand ich es hochanständig, dass Kapitän Lutz nicht noch mit seiner Verlobten Streitereien anfing, denn sie hatte ja nach bestem Wissen und Gewissen gehandelt, auch wenn dies im Desaster endete und ihn seine Existenz kostete. Später haben die beiden geheiratet und sind gemeinsam zur See gefahren. In dieser Zeit wurden zögernd die ersten Emissionshäuser gegründet. In der Anfangsphase ging es noch seriös zu, und man achtete auf eine ausreichend hohe Eigenkapitalquote des Initiators (Reeders). Das sollte sich später ändern; man achtete dann nur noch auf eine hohe Profitquote des Emissionshauses.

Durch den Verkauf der MS »Mia« war Geld ins Haus gekommen: Georg Brammer wurde auch größer, und man wollte nicht mehr unter einem Dach wohnen. Georg sollte einmal in Heins Fußstapfen treten, so wie dieser in Karls getreten war. Es wurde beschlossen, ein repräsentatives Wohn- und Geschäftshaus zu bauen. Der Betrag, der jetzt für die Schiffsfinanzierung fehlte, wurde gerne vom Emissionshaus eingesammelt, denn für jede Mark gab es ja 18 bis 25 % offene oder versteckte Kommission, und für die anstrengende Arbeit auch noch einmal 4 % Agio. Das neu zu bauende Haus wurde dann vorsichtshalber auf den Namen der Tochter ins Grundbuch eingetragen. Als neu zu gründende Schifffahrtsgesellschaft wurde eine GmbH & Co. KG gewählt; für die GmbH haftete Hein mit bis zu 25.000 Euro (siehe »Willkürlich ausgewählte Fond-Prospekte der Jahre 2000 – 2008«, S. 208).

Vater Karl Brammer fand das alles zu undurchsichtig. Es passte ihm gar nicht, dass jetzt fremde, unbekannte Leute etwas zu bestimmen hatten, und er zog sich grummelnd aus dem Geschäft zurück. Hein Brammer versuchte seinen Vater umzustimmen und erklärte: »Agio nennen die im Emissionshaus den Aufpreis, den sie brauchen, um ihre Arbeit zu machen. Das kommt nicht dem Schiff zugute. Wenn nun ein Fremder, zum Beispiel unsere Dorfbank, jemanden überzeugt, bei unserem Schiff Geld anzulegen, bekommt sie dafür Kommission, und die muss das Schiff verdienen. Wenn die Bank die Kommission aber nicht ausweist, heißt das »versteckte Kommission«. Versteckte Kommission darf es aber eigentlich nicht geben, darum heißt sie ja auch versteckt.«

Um bei der Werft einen besseren Neubaupreis zu erzielen, machte Hein den Versuch, gemeinsam mit zwei Reederkollegen, Hannes Bötcher und Klaus Meins aus der Nachbarschaft, gemeinsam drei Schiffe zu bestellen. Ein gemeinsames Meeting der Beteiligten mit dem Steuerberater und dem Wirtschaftsprüfer wurde im Hinterzimmer der Dorfkneipe abgehalten. Man eröffnete das Meeting mit Cognac und Kaffee. Es sollte für alle drei Reeder derselbe Schiffstyp werden. »Nee!«, sagte Hannes. »Bei dieser Werft kriegen mich keine zehn Pferde durch die Tür! De hett mi mol fix anscheten.« (»Die haben mich einmal gewaltig betrogen.«) Nee, meinte Klaus, das Schiff ist zu breit, hat darum zu wenig Tiefgang, und in der Byskaya neigt es dann zu slamming (aufschlagen des Schiffsbodens bei schwerer See) und schlägt Dir den Boden kaputt, mit mir nicht.. Danach schweifte man leicht vom Thema ab, sprach dem Cognac weiter zu, unterhielt sich über alte Zeiten in der Großen Fahrt, beleuchtete die Vorzüge japanischer Frauen. Über die Frage, ob sie die Muschi quer sitzen hatten, konnte keine einheitliche Meinung herausgefiltert werden. Der Steuerberater, der in Danzig geboren war, war der Meinung, die schönsten Frauen kämen sowieso aus Polen. Klaus meinte dann: »Hein, bi Di kummt dat jo nich mehr in Frog mit de Frunslüd, Du häst dienen jo blot noch to'n Pinkeln!« Man hatte wohl zu viel Cognac intus. Hein haute beleidigt auf den Tisch, traf die Untertasse, auf der die Milch stand, kippte alles dem Steuerberater über den Nadelstreifenanzug, verließ die Runde und knallte die Tür mit der Bemerkung zu: »Jau Dösbaddels, denn mokt den Schiet man alleen!« (Ihr Blödmänner, dann macht Euren Scheiß doch alleine.)

Einige Tage später sprach Hein mit seinem Ladungsbroker. Der meinte: »Big is beautiful. Ich kann Dir eine Charter besorgen, Fahrtgebiet Indien – Singapur. Dann musst Du aber über Deinen Schatten springen und groß einsteigen; Schluss mit Kleiner Fahrt.« Hein war begeistert. Und sogar sein Vater Karl, der sich bereits aus dem Geschäft zurückgezogen hatte, fand alles nicht mehr so schlimm. Hatte doch der freundliche Public-Relations-Manager des Emissionshauses 10 % jährlichen Profit versprochen; mit weiteren Steigerungsraten war auf jeden Fall zu rechnen, und bei einem späteren Verkauf des Schiffes würde es richtig Geld geben. Der vorsichtige Karl Brammer, der von seinem Vater Anton, der den Irrsinn des Kriegs mit allen Verlusten erlebt hatte, über die schweren Zeiten belehrt worden war, schmiss alle Bedenken über Bord und setzte als Kommanditist sein Altenteil ein. Auch er schwenkte auf den Glückpfad ein, wie so viele hunderttausende Anleger.

Die Bauwerft entwickelte ein Schiff für die weltweite Fahrt. Da so schnell gar kein Motor zu bekommen war, wurde ein ausländisches Fabrikat gewählt: Mitsubishi Kobe Hatsudoki, eine Zweitakt-Schwerölmaschine mit 9.260 PS. Kannte niemand, aber Japaner fuhren ja auch damit zur See. Hein, der noch nie mit der Großen Fahrt zu tun gehabt hatte (»Hein, findest Du da überhaupt hin?«, lästerte man im Dorf), der noch nie eine Zweitaktmaschine persönlich gesehen hatte, wagte diesen Sprung. Von 499 BRT auf 12.000 BRZ und 7.000 KW Antriebsleistung.

12. Mit dem Neubau in größte Höhen

Hein Brammer sprach gutes Schwedisch, wie viele Küstenschiffer. Sein Englisch war nur mangelhaft, aber sein Plattdeutsch war exzellent. Alle englischsprachige Korrespondenz wurde von seinem Ladungsmakler abgewickelt. Aber Hein rauchte der Kopf. Er hatte Unmengen von Unterlagen abzuliefern, um den Bau zu finanzieren (siehe »Projektvorbereitende Dokumente«, S. 172). Nach zwei Jahren rückte der große Tag der Ablieferung heran, und entgegen jeder Tradition durfte ein kleiner Mann das Schiff taufen, der 6-jährige Georg. Diesmal allerdings nicht auf einen Familiennamen, sondern auf den Namen MS »Tiger B«, den Namen des Charterers. Das »B« stand für »Bengalen«, es hatte also eine indische Schifffahrtslinie das Schiff gechartert, aber alle meinten, es stünde für »Brammer«. »Tiger Brammer« – das hatte was. Für einen Teil der Finanzierung musste man sich von der MS »Ina« trennen, den Rest des Eigengeldes brachte das Emissionshaus zusammen.

Der Anfang im neuen Fahrtgebiet gestaltete sich etwas holprig. Die »Tiger B« befand sich bereits im Indischen Ozean, als ich vom Manager des Kranherstellers Hägglunds um Aufklärung gebeten wurde: Er hätte gestern Nacht einen Anruf von einem Herrn Karl Brammer bekommen, der ihn übel beschimpft und aufgefordert hätte, sofort und unverzüglich das dort im Indischen Ozean treibende Schiff wieder in Fahrt zu bringen und Einsatz zu zeigen. Hein hatte sich auf einer längeren Geschäftsreise zum Kiel-Kanal befunden, und die »Tiger B« trieb schon seit drei Tagen mit Maschinenschaden im Indischen Ozean. Das Schiff hatte nur Vater Karl erreicht, und der hatte die komplizierten Namen »Hägglunds« und »Mitsubishi Kobe Hatsudoki« durcheinander gebracht und so statt des Motorenherstellers den Kranhersteller beschimpft.

Wo lag die Ursache für den Maschinenausfall? Die kleinfingerdicke Antriebswelle des Zylinderölers war gebrochen. Dies hatte niemand bemerkt, und den Alarm, der daraufhin ertönte, hatte man nicht beachtet sondern weggedrückt. Irgendwann – nachdem die Kolbenringe festsaßen und die Zylinderbuchsen weit genug verschlissen waren – blieb der Selbstzünder (Dieselprinzip) einfach stehen und zündete nicht mehr. Doch nach drei Tagen harter Arbeit hatte es die Crew geschafft, dem Motor wieder Leben einzuhauchen: Zwei Laufbuchsen wurden gewechselt, und man hatte auch vier Sätze Kolbenringe an Bord. Damit konnte das Schiff sich zunächst nach Chittagong retten.

Weil Hein nicht die seemännische Qualifikation besaß, um ein solch großes Schiff zu führen, spielte er jetzt den Sofakapitän. Der Kapitän der »Tiger B«, Heini Langer, kam wie Hein aus der Kleinen Fahrt, hatte aber dann das Patent zum Kapitän auf Großer Fahrt (A6) gemacht. Hein und Heini verstanden sich auf Anhieb. In einem waren sie sich einig: Ein Großschifffahrtskapitän konnte nie ein effektiver Navigator sein. Der traute sich alleine ohne Lotsen durch keine Enge, der war nur bei Sonnenschein unterwegs, und wenn er mal schlecht Wetter hatte, verfasste er ein Buch darüber. Wenn er eine Küste sah, bestellte er mindestens zwei Schlepper. Wie ein Schiff richtig behandelt wird, wie es sich verhält, wie es reagiert, das wusste ihrer Auffassung nach nur ein Küstenschiffer, weil der sich gar keinen Schlepper leisten konnte und gezwungen war, alles das zu lernen, was der Großschifffahrtsmann nicht konnte. Ein Küstenschiffer hat gelernt, ein Schiff zu balancieren, Tide, Abdrift, Wind, Ruderwirkung, dynamische Kräfte richtig abzuschätzen und ein Schiff ohne Schlepper heil an die Kai zu bringen. Er wusste auch: Je schneller man versuchte, ein solches Manöver durchzuführen, desto länger dauerte es.

Außerdem hatte Hein zwei Ingenieure an Bord, auf die er sich verlassen musste. Glücklicherweise verkehrte sein Schiff MS »Ria« noch in Nord- und Ostsee, das füllte Heins Arbeitstag, wie er bemerkte, voll aus. Er musste nach Kiel. Er musste nach Brunsbüttel. Er musste mal zum Makler, Bier trinken. Doch ganz kann ihn diese Tätigkeit nicht ausgefüllt haben, denn er kannte jeden Dorfpuff auf dem Wege vom und zum Kiel-Kanal. Er liebte nicht nur den Hustensaft, sondern ganz besonders auch das weibliche Geschlecht. Und da sein Urteil wegen des Hustensaftkonsums manchmal getrübt war, nutzten die Damen vom Ballett das weidlich aus. Es hieß dann »Hein der Eisbär taucht bald auf, sein Schiff kommt durch den Kanal.« Nachdem die Grenze zu Polen durchlässig geworden war (man also ohne Visum einreisen konnte), tauchte er auch manchmal in Stettin auf, wenn sein Schiff in der Nähe war. Hier gab es zunächst nur einen diskreten Hausfrauenstrich. Die Damen verdienten sich ab und an mal 50 Mark, um nach Berlin zum Einkaufen zu fahren. Hein brachte das ganze finanzielle Gefüge in Stettin zum Einsturz, als er der Schwarzen Barbara, der Discoqueen vom Hotel Reda, 250 Mark für eine Nacht bezahlte. Es kam Neid auf, und es entwickelte sich ein Zuhältersystem, um die Damen zu erleichtern, bzw. ihnen männlichen Schutz angedeihen zu lassen.

Die MS »Ina« fuhr nach dem Verkauf an Kapitän Volker Rohde zunächst recht glücklich, endete aber später auf tragische Weise. Die »Ina« war noch nicht »box shaped«, das heißt, die Spanten und Tankluftrohre ragten in den Laderaum, und Schüttgutladung lag direkt an der Außenhaut. Die Tankdecke war mit einer Holzwegerung abgedeckt. Dies hatte früher, als es noch billige Arbeitskräfte und reichlich Stevedores (Stauer) gab, keine allzu großen Nachteile. Die Leute kratzten mit Schaufeln die Ladungsreste aus den Ecken zusammen, damit das Schiff keine Fehlladung aufwies. Doch die Zeiten wurden hektischer, keiner hatte mehr Zeit, und niemand konnte oder wollte die zu teuer gewordenen Arbeitskräfte mehr bezahlen. Man setzte jetzt »Bobcats« ein (eine Art Gabelstapler mit Wanne vorne dran). Das schwere Gerät wurde in den Laderaum gehievt und schob die Ladungsreste zusammen. Wenn der Bobcat an der Laderaumlängswand entlang raste, scherte er so manches Mal einige Spanten oder Luftrohre ab, oder knickte sie an. Die Bodenwegerung wurde durch das Gewicht des Gerätes ebenfalls beschädigt, und dann die Tankdecke überlastet, was wiederum zu Rissen oder Leckagen führte.

Kapitän Rohde pflegte die beschädigten oder abgerissenen Luftrohre zunächst mit Motorradreifenschläuchen zu reparieren, selbstverständlich nur bis zur nächsten Werftzeit in zwei bis zweieinhalb Jahren. MS »Ina« war nach dem Verkauf an Kapitän Rohde immer havariefrei gefahren, bis zu dieser ihrer letzten Reise durch das Kattegat bei stürmischem Wetter. Die Ladung von Breaksand wurde nass und schwammig, liquidartig, und ging über (verrutschte auf eine Seite). Der Kapitän setzte noch einen Notruf ab, der in Norwegen und Dänemark registriert wurde. Nach sieben Minuten verschwand das Schiff von den Radarschirmen. Es hatte wohl schlagartig eine Eskimorolle gemacht und ist dabei mit Mann und Maus gesunken. Bei der sofort eingeleiteten Suchaktion konnte nur noch der Erste Offizier tot in seinem Überlebensanzug geborgen werden.

Sechs der philippinischen Seeleute kamen aus demselben Dorf. Bereits am nächsten Tag hatte der lokale Crewmanager persönlich die Nachricht überbraucht und hat jeder Familie zunächst 25.000 US-Dollar Überbrückungsgeld gezahlt. Da keine Leichen gefunden worden waren (außer der vom Ersten Offizier), zahlte die Lebensversicherung des Reeders erst nach einem halben Jahr die Versicherungssumme in Höhe von 600.000 US-Dollar pro Mann an die Familien aus. Alle Familien mussten aus dem Dorf wegziehen, nachdem das bekannt wurde. Kapitän R. verlor seinen Bruder, der als Ablöser an Bord war, und zusätzlich belangte ihn das Finanzamt nach drei Jahren mit 48 % Steuernachzahlung wegen Betriebsaufgabe. Er hatte noch Schulden beim Makler und war unterversichert. Die Versicherungsvertreter tauchten auch sofort bei ihm auf, um ihm – wie es beim Seemann heißt – »Monkey Business« vorzuschlagen und an der Höhe der Versicherungssumme nach unten hin herumzuschrauben. Diese Probleme kennt ein Bank- oder Emissionshausmanager nicht: Wenn er die Firma gegen die Wand gefahren hat, gibt es immer noch einen goldenen Handschlag obendrauf.

Nur die zuletzt verkaufte MS »Ria« beendete ihr Schiffsleben nach weiteren 21 Jahren als voll bezahltes Schiff auf dem Schiffsfriedhof in der Türkei.

13. Singapur

Die Stadt riecht nach tropischen Orchideen und Geld. Besonders spürt man dies im alten (neu renovierten) Luxushotel »Raffles«, dem ältesten Luxushotel in Singapur. Obwohl es viele Luxusherbergen gibt in der Stadt, bleibt Old Raffles die Herberge der Reichen und Privilegierten.

Der Changi Airport spuckt täglich tausende Touristen und Geschäftsleute aus. Die Kreuzfahrtschiffe am Pasir Panjang Terminal spülen täglich hunderte Passagiere in die Stadt. Alles wird von dieser quirligen Stadt aufgesogen. Man residiert im Shangri-La, im Mariott, im Hilton, im Hyatt, im Interconti, im Radisson, oder in sonst einer Luxusabsteige.

Findet man abends sein Bett entsprechend dem Hotelhandbuch gefaltet, liegen im Bad die fünf Sorten Seifen am richtigen Platz, ist das Ende der Lokusrolle im Dreieck gekniffen, dann hat man es immerhin in die mittlere Luxusklasse geschafft. Für das Raffles reicht das noch nicht, aber man ist auf dem richtigen Weg.

Während des Tages bietet die Stadt hunderte Vergnügungen: den Jurong Vogelpark, den Tageszoo, den Nachtzoo, die Hafenrundfahrten, Sentosa Island mit einem der schönsten und größten Seeaquarien der Welt, das Hotel Marina Bay Sands mit dem höchsten und längsten Swimmingpool der Welt im 30. Stockwerk, eine Anzahlt exklusiver Shopping Malls, den botanischen Garten inmitten der Stadt mit einem Meer an tropischen Blumen und Orchideen in seiner grünen Hölle.

Singapur ist eine der grünsten Städte der Welt. Man

wird auf dem Highway vom Airport in die Stadt, gesäumt von Urwaldbäumen und überspannt mit Überwegen, die voll farbensprühender Orchideen hängen, empfangen. Nähert man sich der Innenstadt, fühlt man sich an New York erinnert, nur sauberer, gebildetere Taxifahrer, die sogar englisch sprechen – was in New York selten der Fall ist.

Nachts steppt der Bär in der Orchard Road, am Singapore River, in Kallang. Jede Fraktion auf der Welt kann hier ihre Lieblingskneipe finden: Der Belgier sein Bier, der Ägypter seine Lieblingsbauchtänzerin, der Chinese sein Lieblingsessen, der Engländer seinen Pub, der Argentinier sein Steak House, der Bayer seine Kneipe mit Blasmusik (oft von Thai- oder Filipino-Damen gespielt, die nur leider in kein Dirndl passen).

Wem es auch sonst nach Blasen gelüstet, findet viele Gelegenheiten. Punkt Mitternacht tauchen die schönsten Transvestiten der Welt in Kallang auf. Gerät man in diese Menge, in die es hunderte Neugierige zieht, kann es schon peinlich werden. Man kämpft sich mit vier vollen Bierkrügen in der Hand durch die dicht gedrängte Menge an seinen Tisch zurück, als einem plötzlich mit geübtem Griff das Gemächt bearbeitet wird. Was tun? Bierseidel fallen lassen? Bierseidel auf den Schädel schlagen? Auf welchen? Gleichzeitig muss das Hinterteil gesichert werden, denn dort steckt das Portmonee drin, oder die Unschuld ist zu verteidigen.

Also Singapur ist immer eine Reise wert – wenn es dort nur nicht so heiß wäre.

14. Das »giftige« Schweröl

Die MS »Tiger B« fuhr schließlich weitere Jahre im alten Fahrtgebiet Indien – Singapur, und betrieb den Hauptmotor störungsfrei mit dem sogenannten »giftigen« Schweröl (einer Art Straßenteer, der nur vorgewärmt verbrannt werden konnte) als Brennstoff. Nach sieben Jahren kehrte das Schiff ins Mittelmeer zurück, um hier eine neue Charter anzutreten. Hein war mit seinem letzten Schiff, der kleinen MS »Ria«, wirtschaftlich unter Druck geraten, denn viele der kleineren, später umgebauten, Schiffe fuhren nun auch bereits mit Schwerölmotoren. Hein ließ sich leicht überzeugen, als der Ladungsmakler vorschlug, auch dieses Schiff auf IFO 180 cSt Schweröltreibstoff umzustellen. (Siehe »Wirtschaftlicher und störungsfreier Schwerölbetrieb in der Küstenschifffahrt«, Anhang S. 197).

Diese Arbeiten wurden zunächst ohne Werfthilfe durchgeführt. Hein ließ sich von mir die Zeichnungen anfertigen und von der Klasse genehmigen und kaufte dann das Equipment zusammen.

Der Einbau und die Positionierung an Bord erfolgten im Hafen von Gent. Hein kam persönlich an Bord. Hinter der MS »Ria« lag Heins guter Bekannter Kapitän Sturz aus Haren an der Ems. Ich lernte, dass auch dort die Sparsamkeit weite Kreise gezogen hatte. »Oh Hein!«, sagte Kapitän Sturz, »Du hast einen Meister an Bord?« »Nee«, meinte Hein, »der macht bei mir einen Umbau.« »Mokt nix«, entgegnete Sturz, »kann er bei mir mal was löten und dann an Bord anschweißen?« Das tat ich als hilfsbereiter Mensch doch gerne. Gelernt war ja schließlich gelernt.

Am nächsten Nachmittag sagte Hein zu mir: »Berni, Du sollst nochmal rüber gehen zu Kapitän Sturz, er will sich bedanken.« Das machte ich doch gerne, im Hinterkopf der Gedanke, eine schöne Flasche Glenfiddich oder Chivas Regal für meinen Einsatz zu bekommen. Doch Kapitän Sturz empfing mich mit einer Teezeremonie, zeigte mir, wie man Tee durch seine selbstgemachten Kluntjes schlürfte, und verabschiedete mich mit einem warmherzigen Händedruck. Herzensgut, diese Ostfriesen.

Heins Sohn Georg war, wie alle in der Familie, ein aufgeschlossenes Kerlchen und durfte immer mal an Bord mitfahren, wo ihm die Liebe zur Seefahrt vermittelt werden sollte.. Sein Vater hatte aber erkannt, dass die Musik nicht mehr in der Isolation an Bord sondern an Land spielte, und Georg sollte erstmalig in der Familiengeschichte nicht zur See fahren. Diesen Job konnten Filipinos oder Kiribatis, Russen, Polen oder Rumänen genauso gut machen. Hein betrieb die MS »Mia« immer noch unter deutscher Flagge, nur die Lehrlingsausbildung hatte er aufgegeben, denn ein Azubi, der innerhalb von drei Jahren nur knapp zwei Jahre an Bord war, kostete ihn pro Jahr mehr Heuer als ein voll ausgebildeter Matrose von den Philippinen. Des Weiteren zählte ein Auszubildender nach der Schiffsbesetzungsverordnung (nettes Wort) nicht als Besatzungsmitglied. Das Schiff konnte diese Extrakosten nicht mehr erarbeiten.

Für seinen Sohn hatte Hein also Besseres geplant: Georg sollte nach dem Abitur zunächst für ein, zwei Jahre zu einem Schiffsmakler ins Ausland gehen. Singapur,

Hongkong oder London wurden hier genannt. Dann sollte er ein Diplom als Wirtschaftsingenieur oder etwas im Finanzsektor erwerben, um mit guten, weit reichenden Beziehungen an das ganz große Geld heranzukommen. Mit normaler Arbeit war so etwas selbst mit vielen Überstunden nicht möglich.

Georg schaffte mit Leichtigkeit sein Abitur. Mit Hilfe und Fürsprache eines Hamburger Schiffsmaklers, der in Singapur ein Zweigbüro unterhielt, trat Georg Brammer als Trainee (so hieß ein Lehrling nun in vornehmer Sprache) in Singapur am Shenton Way seinen Dienst an. Er war begeistert von dieser modernen, quirligen, wundervollen Weltstadt und den Möglichkeiten, die sich ihm hier allerorts auftaten. Zunächst stieg er im Hyatt-Hotel in der Scotts Road ab, bis die Firma eine Wohnung für ihn finden würde.

Gegenüber dem Hyatt, verbunden mit einer Fußgängerbrücke, befand sich der Nachtclub »Tropicana«. Dieses Ziel übte nächtlich mehr und mehr Anziehungskraft auf Georg aus. Was die Beziehungen zum weiblichen Geschlecht angingen, war Georg seinem Vater Hein doch sehr ähnlich. Es herrschte eine nette Atmosphäre in dem Club: gedämpftes Licht, jeder und jede sah gut aus, viele nette Damen, und von »Tony and his Mandarins« wurde Western-Musik aus Nashville, Tennessee, gespielt. Hier verkehrten die amerikanischen Oilriggers, die in Indonesien stationiert waren, aber statt in dem »trockenen« muslimischen Land ihren Urlaub lieber in Singapur verbrachten.

Die Damen gaben sich sehr scheu und zurückhaltend. An der Bar kam es dann doch zu einer diskreten Annäherung, als eine der jungen Frauen mit ihrem Hinterteil kreisende Bewegungen über Georgs linkem Knie ausführte. Man spielte Johnny Cash, irgendwas von einem brennenden Feuerring – Georg muss sich Feuriges dabei gedacht haben, und man einigte sich schnell auf eine kleine Vorauszahlung von 200 Singapore-Dollar, um danach eine feurige Nacht zu verbringen, und machte sich auf zum Hotel. Im zweiten Stock stieg der Mann vom Hotelsicherheitsdienst mit in den Lift, und im dritten Stock stieg er mit Georgs Dame wieder aus. Dieser durfte dann alleine sein Kopfkissen zerknüllen. Der Mann von der Security war der Bruder des Mädchens, und in gemeinsamer Absprache wurde dieser Trick angewandt, damit sie bis zur Hochzeit Jungfrau bleiben (eventuell war sie doch aus Indonesien), aber dennoch zum Familieneinkommen etwas beisteuern konnte.

Nach zwei Jahren kehrte Georg im Januar 2001 aus Singapur zurück. Der globale Einzug des Containers auch in den kleinsten Winkel der Erde war vollzogen oder befand sich in voller Blüte. In China waren ca. 2500 (sogenannte) Werften entstanden, um der boomenden Nachfrage nach Schiffsraum begegnen zu können.

Abbildung 13: China – Schiffbau auf der Wiese (Neitzel)

Die Schiffbaupreise kletterten monatlich. Hein Brammer hatte Angst, den abfahrenden Zug zu verpassen. Nur jetzt wäre noch der richtige Moment, um zu investieren – das meinten vor allem sein Bankmanager und das Emissionshaus. Zumal der Herr Minister Wissmann drei Jahre vorher die Tonnagesteuer eingeführt hatte. Man gründete kurzfristig vier GmbHs. Das war zeitlich gar nicht so einfach, denn die Gerichte waren von den vielen Eintragungen überlastet und kamen mit den Eintragungen zeitnah nicht hinterher. Aber auch hier konnte das selbstlose Emissionshaus aushelfen. Man hatte sich Vorratsgesellschaften zugelegt und gegen eine kleine Extragebühr konnte Hein diese übernehmen und eine Sitzverlegung in sein Heimatdorf veranlassen. Dann gründete er seine eigenen Managementgesellschaft mbH & Co. KG, die später die fertigen Schiffe bereedern sollte, sowie die KGs, die das Geld für die Schifffahrts-GmbH auffüllen sollten. Zunächst wurden Hein und Georg von Bürokratie erschlagen. Für die Finanzierung ihrer Neubauten wurde vom Emissionshaus ein Riesenberg Dokumente benötigt; einiges kannte man bereits, nur war jetzt alles wesentlich umfangreicher. Doch schließlich bekam man ja auch einen Batzen Geld dafür – im Prospekt als »Vorbereitende Bereederung« ausgewiesen (siehe »Projektvorbereitende Dokumente«, Anhang S. 172).

15. Größenwahn

Nun konnte es losgehen. Gleich vier Schiffe sollten im Paket bestellt werden, Post-Panmax-Typ, je 4200 TEU (Standardcontainer) sollten sie tragen, mit den folgenden Abmessungen: Länge 220 m, Tragfähigkeit 58.000 tdw, Leistung 22.000 kW. Bedenken, was nach Eröffnung des vergrößerten Panama-Kanals passieren würde, wurden von Hein beiseite gewischt: »Das ist ja noch lange hin und betrifft mich sowieso nicht, denn ich fahre ja China – Europa.« Dass sich mit einem Male schlagartig 15 % mehr Schiffsraum auf dem Markt tummeln würde, bedingt durch die kürzeren Wege der Großschiffe, wurde gar nicht beachtet, doch könnten dann alle Post-Panmax-Schiffe diesen Weg wählen.

Nun konnte man sich dem Schiffspreis zuwenden. Pro Schiff sollten vom Emissionshaus 54,6 Millionen US-Dollar aufgebracht werden. Das summierte sich für dieses Investment immerhin auf 218,4 Millionen. Man setzte sich zusammen und formulierte erst einmal einen reißerischen Text für den Prospekt. Dies geschah auf hohem sprachlichem Niveau und hätte jeden Marktschreier auf dem Fischmarkt auf St. Pauli in den Schatten gestellt. Es wurden Phrasen kreiert wie: »Sie werden Ihre Anlageziele schneller erreichen als Ihre Mitbewerber.«, »Sie wollen höhere Renditen? Dann entdecken Sie mit uns eine Welt, die sich schneller dreht.«, »Chancen wahrnehmen, bevor sie entstehen.« oder »Schnäppchenfonds!«.

Doch zunächst hatte man an sich selbst gedacht:

- Es verdiente der Prospektherausgeber.
- Es verdienten der Steuerberater und der Wirtschafts-prüfer.
- Es verdiente das Emissionshaus für die Finanzie-rungsvermittlung.
- Es verdiente jemand an der Zwischenfinanzierung und an der Platzierungsgarantie.
- Es verdiente jemand an der Mittelverwendungskon-trolle – Vertrauen sollte ja gut sein, aber wenn ver-dient werden kann, ist Kontrolle besser.
- Es verdiente jemand an der vorbereitenden Bereede-rung, denn der Reeder hatte ja noch kein Schiff und wäre sonst verhungert. Er musste dafür hart arbeiten.
- Es verdiente jemand an der Projektierung.
- Es verdiente jemand an der Prospektbegutachtung.
- Treuhandgebühren, Komplementär- und Beiratsver-gütungen fielen an
- Der Geschäftsbesorgungsvertrag mit dem Emissi-onshaus war zu bedienen.

Da konnten mit dem Agio schon mal 18-30 % weg sein, bevor es ein Schiff gab. Auf jeden Fall gab es nur eine Richtung bei der Charterratenentwicklung: nach oben. Dies bestätigte auch die Sensitivitätsanalyse des Emis-sionshauses, und dann musste es ja stimmen. Wurde das Rechenergebnis knapp, konnte man ja etwas mehr KG-Kapital von den Anlegern einsammeln.

Als Sicherheit konnte man der Bank ja immerhin ein älteres Kümo mit einem Marktwert von 1,8 Millionen Euro vorweisen, und zur Not – und damit rechnete ja niemand – gab es ja auch noch die »Tiger B«, im Werte von 8,5 Millionen, wenn man einmal von der Petitesse absah, dass auf diesem Schiff noch eine Hypothek von

1,9 Millionen Euro lagerte. Hervorstechen konnte die Familie aber mit ihrer 100jährigen Schifffahrtstradition, was im Katalog des Emissionshauses ganz besonders betont wurde. Wer so lange als Reederei im Geschäft tätig war und ein Investment von über 200 Millionen einging, musste ja besonders gut Bescheid wissen. Solch erfahrene Leute suchte ein Emissionshaus. Da konnte gar nichts schief gehen, und die große Staatsbank stand ja auch dahinter, und die mussten es doch erst recht wissen. Ein Risikobewusstsein war bei keinem der Protagonisten mehr vorhanden.

Wer hier die treibende Kraft war, zeigt auch eine Aufstellung von zwölf Fondhäusern, die hier einmal beleuchtet werden (siehe »Willkürlich ausgewählte Fond-Prospekte der Jahre 2000 – 2008«, S. 208). Bei einem Kapitalaufwand von 312,71 Millionen Euro (Bank- und Kommanditkapital) beteiligte sich der Reeder (auch Initiator genannt) mit durchschnittlich 2,21%. Im Gegenzug kassierte das Emissionshaus 21,27 % Provision vom eingelegten Kapital der Anleger. Da könnte schon die Frage erlaubt sein, wer hier denn der Initiator ist. Der Reeder hatte sich dann 12 bis 17 Jahre mit dem Schiff zu befassen, bevor die Schulden getilgt waren, sofern die Charterraten nicht einbrachen. War dies der Fall und die Tilgung erfolgte nicht, verloren der Reeder 2,0 % und der Anleger 100 %. Die Bank hatte dann immer noch die Chance, das Schiff billiger weiter zu verkaufen und sich ganz oder teilweise zu befriedigen. Der Dumme war auch hier der Anleger.

In den Zeiten, in denen die MS »Mia« finanziert wurde, verlangte die Bank noch 50 % Eigenkapital. Bei der »Tiger B« war man schon mit 30 % zufrieden; zumindest sollte der Reeder den größten Anteil davon beibringen. Jetzt brachen goldene Zeiten an, und Hein musste pro Schiff 450.000 € Eigengeld aufbringen, um ein Schiff im Werte von 49 Millionen bauen zu können; das entsprach einer »gewaltigen« Eigenkapitalquote von 0,306 %. Um die aufgeführten Dokumente beizubringen, gab es eine saftige Gebühr von 800.000 € für die vorbereitende Bereederung. Er hatte also bereits 350.000 € Gewinn gemacht, bevor das Schiff in Fahrt kam. Hein riskierte also weniger als sein Kommanditist Schlachtermeister Wuttke, der seinen Laden verkauft hatte und sich mit der Beteiligung von 100.000 € seine Altersrente sichern wollte.

Hein und Georg jammerten über die enormen Bauaufsichtskosten, denn China war ja so weit weg. Das Emissionshaus hatte auch hier ein Einsehen und erstattete die Kosten, denn für jeden zusätzlich eingeworbenen Euro gab es ja ca. 25 % Kommission. Damit war Hein und Georgs Risiko unter null gesunken. Man konnte jetzt fröhlich ans Werk gehen. Neben diesen konservativen Finanzierungsmodellen gab es auch alle möglichen kreativen Zwischenstufen. Merkwürdigerweise klingelten bei keiner der Banken oder Anleger die Alarmglocken, wenn so eine neu gegründete Schifffahrts-GmbH & Co. KG von einer obskuren Firma auf den Virgin Islands einen Schiffsvertrag übernahm. Das musste wohl am jungfräulichen Namen der Inseln liegen; einer Jungfrau traut niemand etwas Schlechtes zu. Nur Herr Stolberg meinte einmal in einem Interview: »Natürlich haben die Banken gewusst, dass die Braut ein wenig gehübscht war.« Hat sich wohl auch um ebendiese Unschuld gehandelt. Überall waren nur Unschuldige am Werk.

Hein und Georg und der erste Ingenieur der »Tiger B«

Horst Lewandowski machten sich auf den Weg nach China, um die Bauwerft in Guangdong zu besuchen. Hier hatte das Emissionshaus in vorauseilendem Gehorsam bereits die Pläne abgeschlossen; Hein brauchte nur noch zu unterschreiben. Die Herren waren zum ersten Mal in China und landeten auf dem Guangzhou Airport, einem der modernsten in China. »Mann«, meinte Horst, »früher war mehr Blau, das hat sich aber fix verändert.« Sie hatten noch Vorstellungen aus der Mao-Zeit und nicht so eine gewaltige Großstadt erwartet. Gegenüber Guangzhou mit 11,1 Millionen Einwohnern oder Shenzhen mit 12,5 Millionen war Hamburg mit seinen 1,2 Millionen Einwohnern ein Dorf. Man stieg standesgemäß im »White Swan Hotel« ab, das seit seiner Indienststellung nun bereits zweimal komplett renoviert worden war, nachdem Deng Xiaoping es am 15. März 1985 persönlich eröffnet hatte. Horst war besonders angetan von der chinesischen Kultur. Bei ihm im Zimmer lagen Kondome für ihn, ein flüssiges Aphrodisiakum für ihn, Gleitcreme für die Dame und ein paar neue Damenunterhosen. In Europa war niemand so aufgeschlossen und mit den biologischen Gegebenheiten vertraut. Am Abend lud die Werft zum Bankett in einem stadtbekannten Restaurant, und es wurde alles aufgefahren, was die kantonesische Küche hergab.

Kantonesische Meeres-früchtesuppe	Yue Shi Hai Xian Tang
Orangen-Tintenfisch	Lu Shui Mo Yu
Seegurke (Hoi Sam)	Hai Shen
Kleiner Pfannenreis	Bao Zai Fan
Pasteten (Gou Dim)	Gao Dian
trocken gebratenes Rind mit Nudeln	Gan Chao Niu He
Gegrilltes Schwein (Char Siu)	Cha Shao
Hühnchen in Sojasoße	Chi You Ji
weiß geschnittenes Hühnchen	Bai Qie Ji
in Salz gehüllte Ente	La Ya
in Tee geräucherte Ente	Cha Xun Ya
Sole-Ente	Dezhou Pa Ya
Dace (Fisch) Bällchen	Ling Yu Qiu

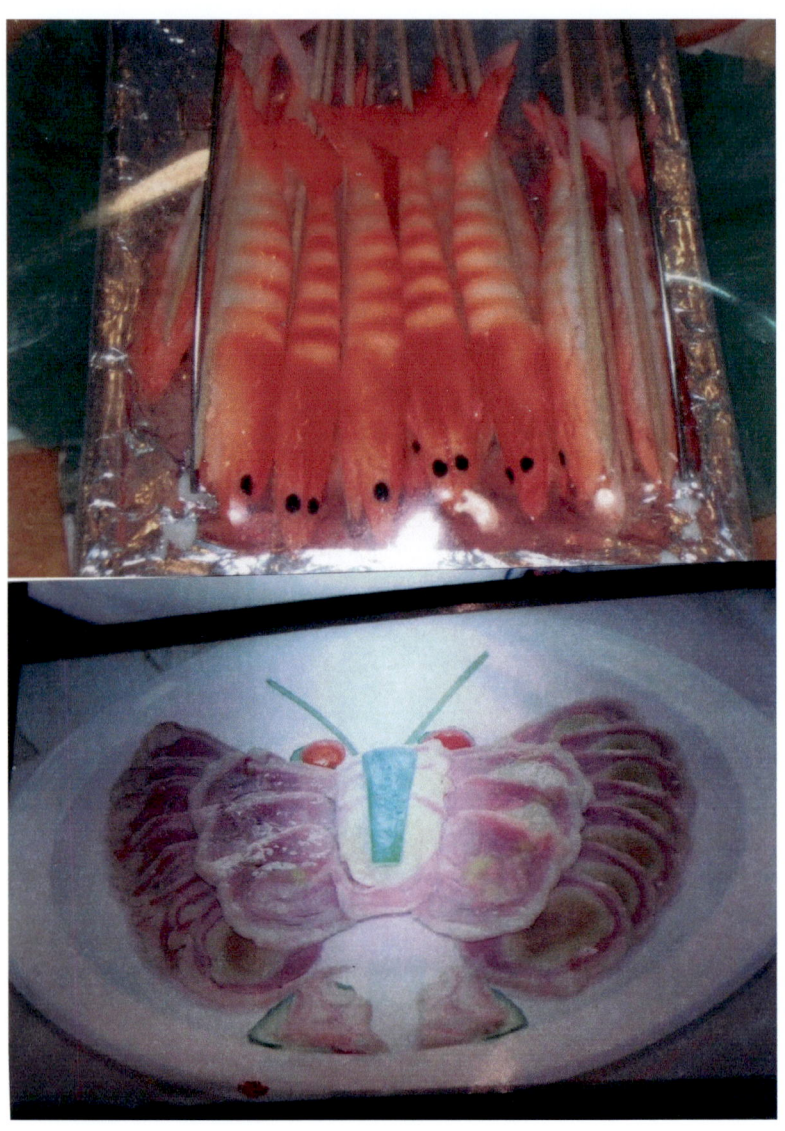

Abbildung 14: Chinesische Küche (Neitzel)

Von der Meeresfrüchtesuppe war Horst besonders begeistert. »Leute«, meinte er, »so eine ähnliche Suppe gab es auch in Chile. Da lag in der Mitte des Tellers eine große Seepocke und schaute wie ein Vulkankegel aus der rotbraunen Suppe heraus. Die nannten das ›flat nose soup‹ (platte-Nasen-Suppe).« »Was soll das denn bedeuten?« fragte Georg. »Das lag an der feurigen Suppe. Wenn Du sehr viel davon gegessen hattest, bekamst Du eine derartige Erektion, dass der Schwengel Dir die Nase platt schlug.« Georg fragte nach, ob in Chile vielleicht auch Schiffe gebaut würden. »Das lass mal lieber«, sagte Horst. »In Chile und Brasilien wirst Du nur angeschissen.« Auf welche Weise kam dann nicht mehr zur Sprache, denn vor dem Tisch der Ehrengäste bauten sich elf Wandersäufer auf.

In China ist es üblich, dass den Ehrengästen aus Deutschland die Beteiligten am Bau des Schiffes, die sich im Saal befanden, vorgestellt werden, wie etwa Subcontractors, Mitarbeiter der finanzierenden Bank oder der Werft, Firmeninhaber, Lokalpolitiker etc. Diese Mitgäste sitzen immer mit elf Personen um einen Tisch platziert, stehen dann auf, marschieren dann gemeinsam an den Tisch der Ehrengäste und erheben – jetzt einzeln – ihr Glas, um den Bauherrn Glück und Wohlstand zu wünschen. Hein musste also elfmal sein Glas erheben und auf »gambai« (ex) leeren. Das waren elf Gläser für ihn, aber nur je eins für die Tischbesucher. Hatte man sich die Seegurke gegönnt, stand gleich die nächste Delegation am Tisch, und so ging es immer weiter. Obwohl die Gläser für unseren Kulturkreis eher klein sind, kommt auf diese Art selbst ein trainierter norddeutscher Getränksmann schnell an seine Grenzen. Wenn der Ehrengast dann umfällt oder nur noch Unsinn brabbelt, hat er sein Gesicht verloren und die ganze Bande im Saal freut sich unbändig.

Gewöhnlich sitzen immer elf Leute an einem Tisch (auf jeden Fall aber eine Primzahl). Das ist wichtig. Wären es zehn Leute, brächte das Unglück; die Wünsche wären durch fünf oder durch zwei teilbar, der Glückwünsch wäre auch geteilt und nichts mehr wert. Und teilen ist nie etwas Gutes, sondern nur die Hälfte wert. Ausgehend von dieser Philosophie muss Donald Trump mit seinem »America first« wohl chinesische Vorfahren gehabt haben; teilen ist nicht seine Stärke.

Hein und Georg suchten nach dem Dinner die hoteleigene Karaoke-Bar auf. Horst zog sich zurück und orderte den Massageservice. Diese nette Einrichtung gibt es in China wieder, seit 1980 die Privatwirtschaft erlaubt wurde. Warum sollte eine einzelne Dame nicht auch ihr Gewerbe betreiben – honi soit qui mal y pense (ein Schelm, wer Böses dabei denkt). Reich wird man dabei nicht, aber es wird einem viel Freude geschenkt. Doch es haperte bei der sprachlichen Verständigung. Die Fachfrau hatte vorgesorgt und führte einen streichholzschachtelgroßen Papierschnitz mit sich, auf dem die Tarife in englischer Sprache vermerkt waren. Eine entspannte Stimmung wollte jedoch dennoch nicht aufkommen, da ihre Chefin sich in kurzen Abständen telefonisch erkundigte, ob wohl auch alles getan werde. Ordnung muss schließlich sein.

Am nächsten Morgen fand man sich beim Chairman der Werft ein und wurde zur Werftbesichtigung herumgeführt, die eine Symbiose aus chinesischer Tüchtigkeit und europäischem Know-how war. Die hier mitwirkenden europäischen Firmen hatten in Europa keine Expansionsmöglichkeiten gesehen und alles, was möglich war, nach China exportiert. Wenn man auf dieser Schiene weiterfährt, kann auch der letzte Werftbetrieb in Europa schließen. Die Politiker können noch so viel Geld in Form von Subventionen hinterherschmeißen – damit kann man vielleicht Härten abmildern, aber keine Fehlentwicklungen aufhalten.

Es wurden verschiedene Vereinbarungen getroffen, wann die Bauaufsicht unter Leitung von Horst Lewandowski eintreffen solle, wo die Herren untergebracht sein würden, wie das Baubüro aussehen solle, wie es auszustatten sei, wie die Leute zur Werft und wieder zurück kommen etc. Horst sollte bei der Kiellegung des ersten Schiffes zugegen sein und mit dem letzten Schiff als leitender Ing die Werft verlassen. Zuhause sollte er dann dem technischen und dem Crewmanager zuarbeiten, eine eigene Inspektion wollte man sich nicht aufbauen. Danach flog man zufrieden wieder nach Hause.

Die Werft plante – wenn alles angelaufen sei, die Klasse fleißig und pünktlich die Zeichnungen prüfte, die Unterlieferanten im vorgegebenen Zeitrahmen lieferten, die Klassebesichtiger immer artig alles genehmigten, keine Force Majeure (»acts of god«, siehe »Force Majeure«, Anhang S. 176) zu verzeichnen wäre – alle drei Monate ein Schiff abzuliefern. Eine enorme Leistung.

Hein Brammer konnte innerhalb eines Jahres zum Großreeder aufsteigen; etwas, das seine Familie in einhundert Jahren nicht geschafft hatte. Da konnte schon Stolz aufkommen. In einer solch abgehobenen Position würde er die »Dienstfahrten« zum Nord-Ostsee-Kanal einstellen müssen, zumal das kleine Schiff MS »Ria« ja auch verkauft werden sollte. Er legte sich stattdessen eine rothaarige Freundin in Hamburg zu, und seine Dienstfahrten wurden umfunktioniert in Dienstfahrten zum Makler, zum Charterer, zur Handelskammer. Der Fantasie waren kaum Grenzen gesetzt. Diese Dame musste über besondere Qualitäten verfügt haben, denn innerhalb kurzer Zeit hatte sie ihre eigene Eigentumswohnung. Eventuell gab es ja noch jemanden, der zum Erwerb beigetragen hat. Anscheinend veränderte die Aussicht, in höchste Reederkreise aufzusteigen, den Habitus einiger der Beteiligten. Falsche Freunde biederten sich an. Hein legte sich eine überhebliche Arroganz zu. Horst Lewandowski wuchs mit seinen Aufgaben. Georg wurde ein Besserwessi. Tochter Inge fuhr in ihrem Mercedes Coupé und affektierten Klamotten durchs Dorf. Die Eltern Karl und Rita Brammer hatten die Bodenhaftung nicht verloren.

Mit dem Schiffbau im fernen China ging es gut voran. Im Emissionshaus sprudelten die Millionen nur so herein, befeuert durch die Einwerber (zu denen sich auch die dörfliche Sparkasse zählte), die 9 % Zinsen auf das eingesetzte Kapital versprachen, mit zu erwartenden jährlichen Steigerungsraten – das Ganze auch noch steuerfrei wegen der Tonnagesteuer. Was bedeutete, dass auf 100.000 € Kapital 290 € Steuern zu zahlen wären; vernachlässigbar wenig, daher gar nicht erwähnenswert. Das eingesetzte Kapital wurde beim späteren Verkauf des Schiffes auch noch als Gewinn ausgewiesen. Das heißt, wenn ein Anleger im Jahre 2005 100.000 € eingezahlt und im Jahre 2020 140.000 € zurückbekommen hätte, wäre dies als Profit von 140 % verbucht worden. Wenn dies jemand bemaulte und sagte, das seien aber nur 2,68 % Zinsen im

Jahr, kam das Totschlagargument »Aber sehen Sie mal, wie viele Steuern Sie gezahlt hätten, wenn Sie nicht investiert hätten.« Wer sein Investment so beendete (mit 40 % Zuwachs in 18 Jahren), war ein glücklicher Anleger. Auf den Unterschiedsbetrag soll hier gar nicht eingegangen werden, sonst schweifen wir in die Philosophie ab.

Dass die Ausschüttungen (Kapitalverzinsung, Profite) als Darlehen zu betrachten sind und zurückgefordert werden können, wurde nur im Kleingedruckten und verschwurbelt erwähnt. Hier kann man den Keim eines Betruges, zumindest aber einer arglistigen Täuschung sehen. Unser Wirtschaftssystem basiert auf dem Profitmaximierungsprinzip. Von Luft und Liebe kann keine Firma existieren. Verkündet man aber lauthals »Hier gibt es etwas zu verdienen, aber das Verdiente müsst Ihr wieder herausrücken!«, kann sich eine Finanzindustrie wie die unsere gar nicht entwickeln.

Horst Lewandowski schrieb fleißig Berichte aus China, und der große Tag der Schiffstaufe, die zusammen mit der Ablieferung vollzogen werden sollte, rückte heran. Auf eine Taufe während des Stapellaufs hatte man verzichtet, da das Schiff ganz unspektakulär im Baudock aufschwamm. Hein Brammers Frau Rita sollte Taufpatin sein. Zwar hatte sie eigentlich keine Lust, 14 Stunden lang im Flieger zu sitzen, aber als ihr mitgeteilt wurde, es würden weitere Damen vom Emissionshaus und der finanzierenden Bank teilnehmen, ließ sie sich überzeugen, die Namensgebung zu vollziehen. Sie machte einen vorzüglichen Job, obwohl sie sich nicht extra einen großen Hut gekauft hatte. Die Champagnerflasche zerschellte am Bug, und die Ehrengäste versammelten sich auf der Brücke zum Flaggenwechsel. Man trat in die Steuerbord-Brückennock hinaus und schaute erwartungsvoll nach oben. Der Werftmanager tönte: »Hol nieder Werftflagge!«, und die Flagge kam nieder. Hein rief mit lauter Kapitänsstimme: »Heiß auf Kompanieflagge!«, und nichts passierte. Nach zwei Minuten brüllte Hein mit Bootsmannsstimme: »Heiß auf Kompanieflagge!!«, doch wieder nichts. Alles starrte nach oben. Georg wollte hinweg eilen, um zu schauen, was los war, und ob man eventuell die Flagge vergessen hatte. Er wurde aber von Hein festgehalten. Horst schlich sich an Hein heran und raunte: »Flagge ist oben, aber an Backbordseite.« (wo niemand sie sehen konnte). Hein bat die Gäste also auf die andere Seite und überspielte den Lapsus mit weltmännischer Geste. Später ließ er seinen Kapitän kommen, stauchte ihn zusammen und setzte noch nach: »Eine Uniform hätten Sie auch noch anziehen können!«, worauf der Kapitän meinte: »Dann köp mi doch een!«, und damit ganz knapp an einer fristlosen Kündigung vorbeischrammte.

Abbildung 15: Heins Schiffe zusammen im Dock für den Endanstrich (Neitzel)

Bis auf diesen Vorfall herrschte euphorische Stimmung. Hein war überglücklich, hatte er doch alles abgewickelt bekommen. Eine Zweijahres-Charter zu auskömmlichen Raten war vorhanden, und wenn ihm die Betriebskosten nicht wegliefen, wäre er auch in der Lage, die 9 % Ausschüttung für die Anleger zu verdienen. Hinsichtlich der Betriebskostenkalkulation war er etwas unsicher. Mit einem so großen Schiff hatte er noch nie zuvor zu tun gehabt und hatte sich lieber nach unten orientiert, an der Kostenkalkulation für die »Tiger B«; das sah im Prospekt auch viel besser aus. Um die MS »Mia« in Fahrt zu setzen, hatte man damals 17 Seiten Papierkram benötigt. Jetzt war eine wahre Dokumentenflut über ihn hereingebrochen, 172 Zertifikate waren hier beizubringen; wenn eines davon fehlte, konnte das unter Umständen eine Stilllegung des Schiffes nach sich ziehen, und zwar so lange, bis alles beisammen war (siehe »Ship's Certificates«, Anhang S. 178).

Sah man sich diesen Papierwust an, erinnerte nichts mehr an einen Kapitän wie Johnny Depp, sondern eher an eine Diplomarbeit eines Betriebswirts. Es war eine gewaltige Herausforderung, diese Schiffe zu betreiben, verglichen mit der »Mia«, »Ina« und »Ria«. Dort hatte die Familie bis auf die Befrachtung alles alleine gemacht. Karl und Hein lösten die Kapitäne ab, Rita und Inga machten die Buchführung und besorgten die Seeleute, Proviant wurde selber eingekauft und im Kiel-Kanal an Bord gebracht.

Oder der lokale Schiffshändler Tiessen lieferte alles. Günter Tiessen war von altem Schrot und Korn und genoss das Vertrauen fast aller Küstenschiffer. Er hielt Ausrüstungen vorrätig, von denen andere Kollegen nur träumten. Der vordere Laden wirkte wie ein Heimatmuseum, aber Günter Tiessen verstand sein Geschäft. Die Proviant- oder sonstigen Bestellungen wurden immer mündlich aufgegeben. Um Gebühren zu sparen, wartete man so lange, bis das Schiff vor dem Kiel-Kanal im UKW-Bereich war. Dann wurde Günter angerufen, der alles auf Tonband aufnahm. Die Sekretärin schrieb dann mit Durchschlag alles auf eine DIN-A4-Seite. Eine Seite ging ans Lager, die andere wurde für die Rechnung verwendet; selbstverständlich wurde dieses DIN-A4-Blatt beidseitig beschrieben. Man hatte dann sehr wenig Zeit, um die Lieferung zusammenzustellen. Wenn es ganz knapp wurde, machte das Schiff einfach vor dem Laden des Schiffshändlers fest. Später, als die Hypothekenbelastungen immer mehr drückten, fiel auch diese Rastzeit aus, und drei Schiffshändler im Kiel-Kanal gaben auf.

Die Maschinenüberholung machte der aktive Maschinist, und ein Urlauber wurde dazu geholt. In schwierigen Fällen wurde ein »leibeigener« Monteur des Motorenherstellers dazu gebeten. Jeder Schiffer hatte seinen eigenen Fachmonteur, auf den er einen Schwur ablegte; nur dieser Mann konnte seine Maschine für ein weiteres Jahr in Betrieb halten. Der erste Arbeitstag an Bord ging im Allgemeinen mit einer alkoholgetränkten Wiedersehensfeier zwischen Reeder und Monteur zu Ende.

Im Laufe der Jahre seit der Wiederaufnahme des Schiffbaus nach dem Kriege wurden gewaltige Fortschritte in der Technologie gemacht. Selbst ein kleines Schiff ist ein hochkomplexes Gebilde.

An hochkarätiger Weiterentwicklung wären zu nennen:
- Entwicklung langlebiger Farbsysteme,
- Automatisierter Maschinenbetrieb mit einer dreifachen Lebensdauer der Teile,

- Radioausrüstungen, die den Funker entbehrlich machen,
- Rettungsboote, die ihren Namen verdienen (gegenüber den Absaufhilfen, die jahrhundertelang benutzt wurden),
- Kräne, die 2000 Tonnen und mehr heben können.

Alle diese Entwicklungen sollten auch den Menschen entlasten, und nicht nur Vorteile für die Schifffahrtsgesellschaft erbringen. Das zweite Ziel wurde erreicht, aber von Entlastung der Crew keine Spur. Denn jetzt schlug die Bürokratie zu, und nun wird mindestens zweimal jährlich eine neue Sau durchs Dorf gejagt.

Die in Kapitel 17.10 »Ship's Certificates« (Anhang S. 178) zeigt auf, womit sich der Kapitän und die Offiziere zu beschäftigen haben. Damit wird jeder angestrebte Entlastungsschnitt zunichte gemacht. Man sollte sich mit der reduzierten Besatzungsstärke auf Sicherheit und Maintenance konzentrieren, und nicht auf eine nicht zu stoppende Bürokratie.

Wenn 70 % der Arbeitszeit vom Bürokratiemonster aufgefressen werden, kann das Schiff schlicht liegenbleiben. Fehlt ein einziger Zettel, bleibt das Schiff ebenfalls liegen. Doch wird das Schiff detained (mit Auslaufverbot belegt), hebt der Bürokratiewust erst richtig ab und läuft zu Höchstform auf: Der Kapitän bekommt eine Verwarnung. Der Reeder wird informiert. Port State verlangt korrektive Aktion. Die Klasse wird angeschrieben. Der Flaggenstaat wird informiert. Alle verlangen Berichte, sind diese für die Behörden nicht zufriedenstellend gehandhabt, muss nachgebessert werden. Das Manegementsystem ist zu korrigieren, Änderungen sind anzuerkennen, oder auch nicht. Der Charterer macht eine neue Abrechnung auf. Wahrscheinlich freuen sich alle Protagonisten, dass man so fleißig war. Das Schiff bleibt weiterhin liegen.

Oft jagt der Hafen- oder Kaibetrieb das arrestierte Schiff zum Ankern auf Reede hinaus, denn alle sollen von dem Kuchen auch etwas abbekommen. Lotse, Schlepper, Bootsverleih, Klasse, Makler, Hafenpolizei etc.

In der Boomphase gab es durchaus Schifffahrtsbetriebe, die kurzzeitig 17 % bis über 30 % Profit einfuhren. Das brauchte aber nicht an die Allgemeinheit durchzusickern. Hier wurde dann wieder die Jungfrau von den Virgin Islands bemüht: Diese exotische Dame hatte einen extrem günstigen Schiffbauvertrag mit einer ausländischen Werft unterschrieben. Wer sich genau hinter der Jungfrau (Firma auf den Virgin Islands) verbarg, blieb im Dunkeln und musste auch nicht offengelegt werden. Die Dame war eben sehr scheu und unschuldig. Dieser Vertrag wurde dann nur noch als auskömmlich an die Schifffahrts-GmbH & Co. KG weitergereicht. Die Preisdifferenz zwischen »**extrem günstig**« und »**auskömmlich**« verlief sich in der Weite der Karibik und tauchte dann als Luxusvilla, Luxusjacht oder bestenfalls als Eigengeld für die Finanzierung von neuen Schiffen wieder auf. In einem anderen Fall wurde von den Initiatoren ein großer Teil des Profits zum Mäzenatentum verwendet. Wie der alte Frantizek immer sagte: »Berni, Geld kann nicht verloren gehen, es wechselt nur seinen Platz.«

Sehr zufrieden war auch das Emissionshaus. In kurzer Zeit hatte es 49 Millionen Euro für Heins erstes Schiff eingesammelt. Nach Ablieferung des vierten Schiffes würde man 21 Millionen Euro in der eigenen Tasche haben. Das sollte aber noch nicht alles gewesen sein; über

Geschäftsbesorgungsverträge wurde bis zum Verkauf eines Schiffes weiterhin Geld verdient (oder abgesogen). Kam es dann zum Verkauf, wurden nochmals bis zu 4 % der Verkaufssumme in die eigenen Taschen abgefiltert. Wenn der Reeder selbst keine Sicherheiten stellen konnte, legten manche Emissionshäuser eine sogenannte Platzierungsgarantie aus. Das heißt, sie garantierten der finanzierenden Bank, dass in zwei Jahren, wenn das zu bauende Schiff abgeliefert würde, das Eigengeld zur Verfügung stünde. »Zocken« ist im Duden folgendermaßen beschrieben: »Glücksspiele machen«. Hier ist es in seiner reinsten Form aufgetreten.

Die Bauwerft verlangte, je nach Bauvorschrift gestaffelt, verschiedene Anzahlungen. Zum Beispiel:

- 10 % der Bausumme bei Vertragszeichnung und Stellung der Rückzahlungsverpflichtung, sollte die Werft pleitegehen oder auf sonstige Art und Weise ihren Verpflichtungen nicht nachkommen können
- 15 % bei Beginn des Stahlschnitts
- 25 % bei Kiellegung
- 50 % bei Ablieferung

Dieses Modell bevorzugen besonders die kleinen chinesischen Werften. Wenn man vier Schiffe desselben Typs zu bauen hatte, wurde die Brennmaschine einmal eingestellt und konnte viermal das gleiche Bauteil auswerfen. Entsprechend der Klasseregeln sollten für die Kiellegung 1 % des Stahlgewichtes des Schiffes angearbeitet sein.

Die Bauteile für vier Schiffe wurden von der Schiffbaukolonne in Windeseile zusammengefügt; die Werftleitung rief dann den Klassebesichtiger, der vier Kiellegungen attestierte. So kassierte die Werft in kürzester Zeit den Baupreis für zwei ganze Schiffe – und mit diesem

Geld konnte man nun eine zweite Werft eröffnen. Es sind Schiffbaukontrakte gezeichnet worden mit Werften, an deren Standort sich nur ein sumpfiges Flussufer erstreckte, das erst noch ein Schiffbauplatz werden sollte. So sind in China in relativ kurzer Zeit über 2.500 Schiffbaubetriebe entstanden (siehe Bild S. 84).

Das Zocken fand weltumspannend statt. Andere Werften, die finanziell besser abgepolstert waren oder Staatshilfen bekamen, verlangten zum Beispiel

- 5 % Anzahlung bei Vertragszeichnung und Gestellung der Rückzahlungsverpflichtung
- 95 % bei Ablieferung des Schiffes.

Diese Anzahlungen wurden aufgrund der Platzierungsgarantie von den finanzierenden Banken an die jeweilige Werft geleistet. Dies war kein Problem; von den gut verdienenden Schiffen kam das Geld ja rein und brauchte gegen eine geringe Bankgebühr nur weitergereicht werden. So ein Stück Papier wie eine Platzierungsgarantie war mindestens so sicher wie das Gold in Fort Knox.

Das zweite Modell wurde von den Emissionshäusern bevorzugt; man hatte dann länger Zeit, den Topf aufzufüllen, oder mit dem Geld anderweitig herum zu jonglieren. Oft lieferte die Werft ja zu spät ab, und man konnte noch ein anderes Geschäft tätigen.

Irgendwie haben in der Endphase dann alle die Übersicht verloren.

Dieses wunderschöne System krachte 2008 in sich zusammen. Zunächst langsam, weil alte Charterverträge die Pleiten noch abfederten. Doch dann rutschte das Gefüge immer schneller in den Keller. Es waren zu viele Schiffe gebaut und zu viele bestellt worden, und plötzlich war zu wenig Ladung vorhanden. Nach dem Zusammenbruch der amerikanischen Großbanken im Jahre 2008 war das Vertrauen der Banken untereinander weltweit und über Nacht zerstört.

Wenn zum Beispiel ein Schiff in Brasilien Ladung eingenommen hatte und der Ladungsempfänger ein Akkreditiv (Letter of Credit) von Bank [A] vorlegte, das Bank [B] nicht akzeptierte, da man sich nicht über den Weg traute und meinte, [A] würde während der Schiffsreise pleitegehen, fuhr das Schiff gar nicht erst los.

Dies löste bei den Frachtraten einen Schneeballeffekt aus, denn der Warenaustausch war massiv gestört. Ladungsmengen schrumpften, die Frachtraten fielen von stolzen Höhen ins Bodenlose. Neue Schiffe brauchte jetzt niemand mehr, aber auf den Werften lagen hunderte in Bau befindliche Schiffer herum, in mehr oder weniger fortgeschrittenem Bauzustand und mit geringerer oder höherer bereits entrichteter Anzahlung gemäß Baufortschritt.

Die betroffenen Banken konnten und wollten diese Gelder nicht einfach abschreiben und zogen jetzt die »goldene Platzierungsgarantie«. Doch da war außer heißer Luft nichts zu holen, und man war gezwungen, den Kreditrahmen auszuweiten, um die Anzahlungen zu retten. Es würde schon nicht so schlimm kommen, denn nach zwei Jahren ist die Krise bestimmt vorbei. Man war wohl nicht mehr bibelfest, hatte nicht mehr die sieben fetten und die sieben mageren Jahre im Hinterkopf.

Aber es kam schlimmer.

Wenn sich in diesem fallenden Markt irgendeine Möglichkeit bot, einem Reeder seine Charter zu kündigen, wurde diese vom Charterer genutzt, um das Schiff loszuwerden oder die Charterrate zu reduzieren – mit Druck oder freiwillig. Dieser Schneeball rollte und rollte und wurde immer dicker. Manchmal bat man die Anleger bereits nach zwei Jahren, ihre empfangene Ausschüttung wieder einzulegen. »Sie sind doch Seeleute, und die geben beim ersten Gegenwind doch nicht gleich auf!«, wurde geschmeichelt.

Aber es kam noch schlimmer und weitete sich zur größten Schifffahrtskrise in der deutschen Seefahrtsgeschichte aus.

Hein und Georg Brammer waren zunächst nicht von der Krise betroffen. Alles lief prima und wie geplant. Da die ersten Anleger nach einem Jahr ihre Ausschüttung bekamen, tauchten bei der ersten anberaumten Gesellschafterversammlung nur vier Anleger auf, woraufhin das Emissionshaus die Verträge änderte; nun brauchte nur noch schriftlich abgestimmt werden. Das war sehr weitsichtig, denn später, als es den Bach runter ging und das Investment gegen die Wand fuhr, brauchte man sich nicht mehr von den Anlegern beschimpfen lassen, und alles lief unproblematischer ab.

Hein und Georg Brammers Schiffe hatten Zweijahreschartern, und wie jeder in der Branche dachten sie, bis dahin sei die Krise sowieso vorbei. Das kam auch in den Bettelbriefen der Emissionshäuser an die Anleger immer wieder zum Ausdruck: »Liebe Anleger, schießt mal Geld nach, wir verzinsen das mit 10 % und alles wird gut.« Die Anleger waren dann schon mal die Betrogenen.

Aber es kam noch schlimmer.

Die Charterraten fielen schneller, als Geld nachgeschossen werden konnte. In den ersten beiden Jahren der Krise hätte man zumindest viele Schiffe kostendeckend verkaufen können, doch daran war niemand interessiert.

Der Reeder nicht, wenn sein Kapitaleinsatz gegen null tendierte, denn er verlor ja die schönen Reedereibetriebsführungsgebühren. Im Falle von Hein und Georg waren das immerhin 1,05 Millionen Euro im Jahr pro Schiff; die gibt man doch nicht ohne Druck aus der Hand! Das Emissionshaus auch nicht, denn hier gingen die Gebühren für den Geschäftsbesorgungsvertrag verloren. Die Bank hatte immer noch die Hoffnung, alles würde besser. Das hatte auch der Wirtschaftsprüfer der Reederei attestiert und eine positive Fortführungsprognose bescheinigt, denn das hatte auch Hein ihm bestätigt: Alles wird besser.

Im Falle einer Insolvenz und der Versteigerung der Schiffe würde sich zunächst die Bank bedienen, dann mussten die Lieferanten befriedigt werden oder sich zufrieden geben müssen, falls überhaupt noch Restmasse zum Verteilen vorhanden sein würde. Die Anleger würden auf jeden Fall einen 100 %igen Verlust erleiden, und wenn sie den Versprechungen des Emissionshauses geglaubt haben, dann noch darüber hinaus. Bei vielen Anlegern schlug dann auch noch das Finanzamt zu, wegen des Ausgleichs des Unterschiedsbetrages (den man als eine philosophisch errechnete und vom Finanzamt festgelegte Größe bezeichnen könnte).

Im Falle von Insolvenzabwicklungen lernten die Banken auch sehr schnell ihre Lektion. In der Anfangsphase der Krise wurde der Reeder aufgefordert, innerhalb einer Woche die Summe für die Resthypothek zu überweisen, nebst Zinsen und Abwicklungsgebühren, oder die Hypothek würde fällig gestellt und er dürfe als Reeder abtreten. In Heins Bank hatte eine Entflechtung stattgefunden, und auf einmal konnte er seinen Kreditsachbearbeiter nicht mehr erreichen, und die Revisionsabteilung trat jetzt zackig auf. Nach einer Woche blieb sein Schiff irgendwo im »Nowhere« liegen, mitsamt der Crew an Bord. Diese Verfahren waren zwar sehr schmissig, aber für die Bank teuer, und für die Crew und andere Beteiligte stressig, unangenehm und inhuman.

Die Crew marschierte zunächst zur ITF (International Transport Workers' Federation; internationale Gewerkschaft für Seeleute), weil sie ihre Heuer nicht bekam. Die ITF informierte die Hafenbehörden und die Port State Control, damit das Schiff nicht versegelte. Die Crew hatte nun einen Ansprechpartner und zog alle Mängel, Versäumnisse und Schäden ans Licht, ob berechtigt oder unberechtigt. Das Schiff wurde arrestiert. »Wer bezahlt die Hafenkosten, wer behebt die Mängel am Schiff, wer bezahlt die Crew?« Der Reeder wurde verständigt, doch der holte seinen Bankbrief hervor und sagte: »Ich bin es nicht mehr.«

Die Bank konnte sich erst einmal einen neuen Reeder suchen, der den ganzen Papierwust bewältigte – ohne Bürokratie bewegte sich gar nichts. Geld musste der Neureeder im besten Fall auch noch mitbringen. Dieses Verfahren kostete Zeit, in der das Schiff keine Einnahmen erzielte und auch keinerlei Geld bei der Bank einlief. Die Bank traute sich nicht zu, alleine ein Schiff in Fahrt zu halten. Oder sie hatte eine Vereinbarung ähnlich der, die ein einmal bei einem alten chinesischen Wäscher gegenüber der Bank of China gesehen hatte: »Lieber Kunde, dem Wunsch der Bank entsprechend werde ich kein Geld verleihen, und im Gegenzug hat die Bank versichert, keine Wäsche zu waschen.«

Nach dieser Lernphase wurde alles eleganter gehandhabt. Die Verantwortlichkeiten in der Bank wurden weiter aufgefächert, die Kontrollmechanismen verstärkt. Sollte jetzt ein Kleinreeder ausgebootet werden, erledigte man das intern und hängte einem Großreeder das Schiff um, ohne dass es zum Stillstand kam. Der war ja systemrelevant und durfte nicht pleitegehen, sonst wäre die Bank unter Umständen mit in den Abgrund gerissen worden. So eine Übertragungsaktion konnte mit diskreter Vorbereitung weltweit an nur einem Tag durchgeführt werden. Man eignete sich schnell das entsprechende »Know-how« an. Davon müssen Politiker gesprochen haben, da sie ja immer betonen, Deutschland dürfe das »Know-how« nicht verloren gehen.

Nun gab es bei Hein erste Schwierigkeiten bei der Endfinanzierung des vierten Schiffes. Die Bank rückte von der Anerkennung der Platzierungsgarantie ab, und Hein sah sich gezwungen, seinen Augapfel »Tiger B« zu einem in den Keller gerutschten Preis zu verkaufen. Um den Eigengeldanteil auszugleichen, der jetzt beim Neubau fehlte. Der Preis für die »Tiger B« war innerhalb von 20 Monaten von 8,1 Millionen auf 3,7 Millionen Euro abgestürzt. Davon gingen 400.000 € Dockkosten, Maklerprovision und die Resthypothek in Höhe von 1,9 Millionen Euro ab. Es blieb ein Anteil von 1,4 Millionen für die Eigengeldanlage übrig. Die schöne vorbereitende Bereederungsgebühr wurde auch gestrichen. Dennoch hat das Geld nicht gereicht, da die Einwerbung des Emissionshauses bis auf ein paar Tröpfelchen von Nachzüglern, die die Zeichen der Zeit noch nicht erkannt hatten, ausblieb. Hein und Georg waren gezwungen, einen Zwischenkredit als persönliche Bürgschaft zu zeichnen.

Die drei erstgelieferten Schiffe fuhren störungsfrei,

aber mit Ablauf des ersten Jahres wurde Hein trotz bestehender Charter ein neuern Vertrag zu einer deutlich geringeren Rate abgepresst.

16. Den Bach runter

Verkauf der »Tiger B«

Als die Charter des Schiffes im Indischen Ozean endete, konnte Hein eine Charter im Mittelmeer abschließen. Ihm war besonders daran gelegen, den Charternamen »Tiger B« zu behalten, um damit zu prahlen, nun stünde das »B« wirklich für »Brammer« und nicht für »Bengalen«. Der alte Charterer hatte keine Einwände, und der neue Flaggenstaat Antigua & Barbuda auch nicht. Dort gab es noch keinen Tiger. Es freute Hein auch, dass man den Namen nicht ummalen musste, das sparte ja Geld.

Unter dem Druck der Bank war Hein kurz vor der Ablieferung seines letzten Neubaus in China gezwungen gewesen, die »Tiger B« zu verkaufen und die Verkaufssumme zur Erhöhung des Eigengeldanteils einzusetzen. Das Schiff fuhr im Liniendienst zwischen Italien (Triest), Slowenien (Koper), Griechenland, Zypern, Libanon, Ägypten, der Ukraine und Georgien, und es lief in Ausnahmefällen auch Syrien an.

Für die Fahrt im Schwarzen Meer musste der Kapitän der »Tiger B« in den Ländern der lupenreinen Demokratieanwärter, Ukraine und Georgien, die Anwärter für ein sauberes Europa, einen schmerzhaften Lernprozess durchlaufen. Als erstes lernte er: Eine schnelle, schmerzliche Abfertigung zu gewährleisten erfordert sehr viel Geduld und größere Mengen Bargeld, am besten US-Dollar. Für zehn bis 15 Beamte von Zoll, Passbehörde, Hafenbehörde, für Quarantäneoffiziere, Arzt, Makler wird einiges benötigt. Schließlich wollen ja auch die Familie und der Freundeskreis ernährt werden.

Das Schwarze Meer ist eine Meeres-Sonderzone, und jede Art der Meeresverschmutzung wird streng geahndet (oder entsprechend ausgelegt). Es darf kein Ballast abgegeben werden ohne Untersuchung und Genehmigung. Es darf kein Tropfen Farbe außenbords fallen. Alle Ausgussleitungen von Toiletten, Küche oder Waschmaschinen sind zu verschließen, obwohl jedes Schiff über eine hochmoderne Abwasserkläranlage verfügt, und obwohl das an Land für die ärmlicheren Siedlungen nicht nötig ist.

Die Quarantäne-Inspektoren fanden ein Brot mit abgelaufenem Gültigkeitsstempel und drückten ihr Entsetzen aus, dass auch der Joghurt seit drei Tagen abgelaufen sei. Mit 22,000 US$ Strafzahlung sei so etwas jedoch zu regeln, denn man habe eine Verantwortung gegenüber der Crew und habe Menschenleben gerettet, das müsse der Kapitän ja wohl einsehen, dass so etwas nicht hoch genug bestraft werden könne. Nach langem Gefeilsche einigte man sich auf 900 US$.

Zusätzlich fand ein weiterer Quarantäne-Inspektor Farbe an Bord, für die das Schiff keine ukrainische Zulassungsgenehmigung vorweisen konnte. Diese Petitesse konnte mit 150 US$ aus der Welt geschafft werden.

Ganz übel wurde es, als man in der Apotheke abgelaufene Medikamente fand, die als Drogen klassifiziert wurden. Alles war zwar doppelt abgeschlossen, aber hier musste die Staatsmacht einfach zuschlagen, und es wurde teuer. Mit einer Verwarngebühr von weiteren 900 US$ und einer strengen Belehrung kam der Kapitän davon. Man entfernte die Medikamente aus dem verschlossenen

Giftschapp im Apothekerschrank und versiegelte diese dann im Kapitänstresor. Mit dieser Maßnahme konnte man gleichzeitig die Bargeldbestände überprüfen und den Kollegen kurz zunicken: Ist noch was zu holen.

Dies setzte sich fort, mit erforderlicher Kartenberichtigung (in ukrainischer Sprache) und Kleingeld in einer Schublade, welches nicht in der Money Declaration angegeben worden war.

Als Highlight tauchte am Freitag etwa zwei Stunden vor Auslaufen der Port State Inspektor mit seinem Kumpel als Zeugen auf und behauptete, dieser habe gesehen, wie das Schiff unautorisiert Ballastwasser abgegeben habe. Man versuchte, ihn davon zu überzeugen, dass es sich um Kühlwasser handelte. Dieser Fall wurde zunächst auf einem Beiblatt notiert, und man suchte weiter. Es wurde ein Ölfleck gefunden, aus dem geschlossen wurde, dass er nur von einer Leckage herrühren könne, und dafür müsse die Klasse gerufen werden, um eine Unbedenklichkeitsbescheinigung auszustellen. Leider, so betonte der Agent, könne allerdings frühestens am Montag jemand an Bord kommen.

Drei Tage Verzögerung und Nachbesichtigung durch den Port State Inspektor waren fällig. Die Kosten würden sich auf 30,700 US$ belaufen. Man fand dann doch noch einen Weg, das Schiff aus dem Hafen zu bekommen: Der Port State Inspektor zog mit 4.000 US$ ab, und der Makler freute sich an den Naturalien von fünf Flaschen Wodka und Schönheitsseife für wen auch immer. Er hatte es als seine Aufgabe angesehen, dem Reeder viel Geld zu sparen, und das musste honoriert werden.

Die Möglichkeiten, ohne Arbeit Geld zu verdienen, wurden in vielfältiger Weise ausgeschöpft und würden

den Rahmen dieses Buches sprengen, wenn man sie alle aufzählen wollte. Ein weiterer Experte hatte sich auf die kleinen Nummern spezialisiert, die in der rechten unteren Ecke des Oil Pollution Certificates stehen; hier hatte es in einer Serie einmal einen Druckfehler gegeben, mit dem man ordentlich Geld verdienen konnte.

Im Libanon musste mit den Frachtraten und der Höhe der Versicherungsraten immer ein wenig getrickst werden, denn es herrschte Krieg. Wer da wen warum totschlug, hat sich Hein nie richtig erschlossen, er wollte lediglich sein Schiff in Fahrt halten. Heins Makler fand kurzfristig einen norwegischen Reeder, der die »Tiger B« kaufen wollte. Man legte die Einzelheiten in einem MOA (Memorandum of Agreement, Kaufvertrag) fest. Hein sollte das Schiff nach Beendigung der nächsten Reise in Triest docken und dort nach Abschluss der Dockung übergeben. Der Verkaufspreis wurde gleich umgeleitet, entsprechend dem Sideletter im Escrow Agreement des Kaufvertrags auf das Konto der den Neubau finanzierenden Bank. Hein würde leider keinen Cent davon sehen.

Der Verkauf wäre um ein Haar gescheitert.

Die »Tiger B« hatte gegen Abend auf Beirut Reede Anker geworfen. Nacht um drei Uhr näherte sich fest lautlos ein Gummischnellboot mit 20 Bewaffneten, wild aussehenden, bärtigen Gestalten und enterte das Schiff. Der Kapitän Heini Lager und der Chief-Ing Bodo Voehrer wurden von sechs Bewaffneten aus der Koje geholt und mit in den Nacken gehaltener Waffe auf die Brücke geschleppt. Fünf weitere Bewaffnete, die sofort auf die Brücke gestürmt waren, hatten bereits die Funkeinrichtungen unbrauchbar gemacht, zerschlagen, Kabel herausgerissen, UKW- und AIS-Geräte zertrümmert. Sechs Mann tobten von

Kammer zu Kammer und trieben die Crew in der Messe zusammen. Hier musste jeder einzelne sein Handy rausrücken. Die Handys wurden anschließend über Bord geworfen. Drei weitere Personen sicherten das Boot an Deck. Die ganze Aktion war sah militärisch geplant aus; wer sich dahinter verbarg, war nicht zu erkennen.

Der Kapitän wurde mit vorgehaltener Waffe aufgefordert, Anker auf zu gehen und nach Baniyas zu fahren. Er versuchte zu erklären, warum dies nicht möglich war. Die Soldateska-Truppe wurde jetzt wirklich wild, und alles schrie durcheinander. Zum Glück hatte der Kapitän noch eine Papierseekarte an Bord, denn die ECDIS (elektronische Seekarte) war im Eifer des Gefechts zerschlagen worden. Auf Englisch radebrechend konnte er den Leuten klar machen, dass sein Schiff 7,30 m Tiefgang hätte, doch der Hafen Baniyas, wohin die Leute ihn dirigieren wollten, nur 4,30 m tief sei. Er würde ja alles tun, was sie verlangten, aber hier hatte Allah seine Hände im Spiel. Das sahen sie auch ein. Untereinander brach ein großes Palaver an, und ein ganz Schlauer meinte, der Chief könne ja seinen ganzen Ballast rauspumpen – ihm wurde mit der Knarre am Kopf angedeutet, was ihm drohen würde, sollte er sich weigern. Er weigerte sich. Es war nun schon schwerer, den Wüstenkapitänen klar zu machen, dass diese Maßnahme nicht reichen würde, und auch nicht zielführend wäre, da das Schiff kentern würde. Das war schwerer zu vermitteln als die Tiefgangsfrage. Aber darauf ankommen lassen wollten sie es auch nicht. Wieder brach längeres lautstarkes Palaver an, immer wieder unterbrochen durch Kommunikation mit der Gurkentruppe ihrer Landstation.

Für die Crew war das alles eine entsetzliche Stresssituation. Sie konnten ihre Familien nicht erreichen, es war unklar, war hier passieren würde, und immer wieder wurden einige mit dem Tode bedroht. Die Reederei hatte in den ersten Tagen keinerlei Kenntnis über den Verbleib ihres Schiffes. Erst am vierten Tag konnte über die Schweizer Botschaft und die Splittergruppe der sogenannten Freiheitskämpfer eine Verbindung hergestellt werden. Diese Situation hielt elf Tage lang an. Dann wurde das Schiff in den Hafen Tartus geholt. Es bauten sich noch zwei weitere Militärgruppen an der Kai auf, und alle Container wurden entladen. Die Truppe, die das Schiff geentert hatte, pickte sich ihre Container heraus und ließ diese in ein gesichertes Areal des Hafens transportieren. Das Schiff konnte danach unbehelligt auslaufen. Man dampfte zunächst nach Zypern zurück, um die zerstörten elektronischen Anlagen zu reparieren.

Das Schiff erreichte noch fristgerecht zur Übergabedockung den Hafen von Triest. Zur Dockung und Übergabe kam Georg an Bord (der von der Technik so viel Ahnung hatte wie eine Kuh vom Eislaufen). Doch er sollte die Kuh vom Eis holen. Man wusste, dass über einen Riss in der Tanklängswand 320 t Marine Gasoil in den Steuerbord-Ballasttank gelaufen waren. Diese 320 t Dieselöl waren ja Gold wert, denn der Käufer hatte sie bei der Abrechnung zu bezahlen. Als das Schiff nun im Dock lag, machten sich Georg und sein Zweiter Ing nachts daran, den verschmutzten, kontaminierten Brennstoff in den Dieselöltank zurück zu pumpen. Leider wurden sie vom Inspektor des Käufers dabei erwischt. Es wurde dann doch etwas teurer für Heins Reederei.

- Der Brennstoff wurde abgepumpt und als Sludge vernichtet.

- Der Tank wurde gereinigt und gasfrei gemacht.
- Der Brennstoff des angrenzenden Tanks wurde an Land in einen Tankwagen abgegeben und zur Wiederverwendung gelagert.
- Dieser Tank wurde für die Schweißarbeiten gasfrei gemacht.
- Der Riss wurde durch Einsetzen einer entsprechenden Platte repariert.
- Beide Tanks wurden mit Luft abgedrückt.
- Das Schiff verblieb drei weitere Tage im Dock.
- Der gelagerte Brennstoff wurde zurückgepumpt.
- Hein hatte alle mit der Dockung in Zusammenhang stehenden Kosten zu tragen.
- Der GL stellte die Papiere aus.

»Lesson to be learned«, wie man in Seemannskreisen sagt. Wenn man schon betrügt, sollte man es geschickter anstellen – oder eben ehrlich bleiben.

Das Übergabeprotokoll wurde anschließend in gedrückter Stimmung gezeichnet und an den Käufer übergeben. Die Familie hatte im Endeffekt zehn Jahre umsonst gearbeitet, denn es blieb kein Cent des Verkaufserlöses in der Familienkasse.

Verfolgte man die Familienchronik zurück, wurde der Familienkasse 1961 beim Verkauf der MS »Ina«, Typ »Ich verdiene«, noch 368.000 DM hinzugefügt – 50 % Wertzuwachs. Durch den Verkauf der MS »Mia« (540.000 DM) wurde noch 30 % Wertzuwachs erzielt. Beim letzten Kümo MS »Ria« waren es dann nur noch 3 %. Die »Tiger B« wurde für 8,5 Millionen Euro angeschafft und erzielte beim Verkauf dann nur noch 3,4 Millionen Euro, minus 400.000 Euro Dockungskosten, Ablösung der Resthypothek 1,9 Millionen Euro, also 1,2 Millionen Euro – Wertzuwachs für die Familie gleich null. Der erste Chinabau erforderte 54,6 Millionen Euro Kapitaleinsatz – reedereiseitige Wertsteigerung gleich null.

Hein hatte nur die Wahl zwischen Skylla und Charybdis. Das Emissionshaus schrieb den teuren Geschäftsbesorgungsbrief an die Anleger:

»Liebe Anleger, es gibt jetzt statt 9 % nur noch 4 % Verzinsung (Ausschüttung).«

Nach einem weiteren Jahr zu der unauskömmlichen Rate lieferte der Charterer das Schiff in den kontinuierlich abstürzenden Markt zurück. Es lag sechs Wochen lang auf, dann fand Heins Makler eine neue Beschäftigung zu einer jämmerlich geringen Charterrate.

Wieder schrieb das Emissionshaus den obligatorischen Brief an die Anleger:

»Liebe Anleger, Ausschüttung gestrichen.«

Hein quälte sich ein weiteres Jahr mit den Schiffen über die Runden. Die Crewverträge wurden gekürzt, der Öllieferant gewechselt, Lieferanten spät oder gar nicht bezahlt. Es half alles nichts. Die Hypothek konnte nicht bedient werden.

Heins Emissionshaus schrieb den nächsten Bettelbrief:

»Liebe Anleger, wir wollen die 12 % Ausschüttung zurück, die Sie bereits empfangen haben.« Beigefügt war auch gleich der Brief des Firmenanwaltes, der beschrieb, was dem Anleger alles drohen würde, sollte er sich weigern, dieser freundlichen Aufforderung nachzukommen. Ein großer Teil der Anleger zahlte die Ausschüttung zurück, denn es sollte ja wieder aufwärts gehen. Ein Teil jedoch konnte nichts zurückzahlen, denn man hatte ihnen ja versprochen, ihr Investment sei so sicher wie das Gold in Fort Knox, so sicher wie Herrn Blüms zweite Rente –

und diese Rente hatten sie nun verbraucht. Ein weiteres Problem für diesen getäuschten Anlegerkreis war noch: Sie hatten kein Geld, um sich anwaltlich zu wehren, denn unsere Politik hatte das Instrument der Sammelklage zu dem Zeitpunkt noch nicht zugelassen.

Mit einem mit der Bank ausgehandelten Stillhalteabkommen schaffte Hein es, ein weiteres Jahr über die Runden zu kommen, ohne jedoch die Hypotheken, die auf den Schiffen lasteten, bedienen zu können. Jetzt konnte er auch die Bankzinsen nicht mehr bezahlen. Es gab auch nichts zuzusetzen, um dieses Problem zu mildern. Glücklicherweise hatte man das Büro / Wohnhaus auf den Namen von Georgs Schwester Inga im Grundbuch eingetragen und unbelastet gelassen; da konnte niemand ran, sollte es noch schlimmer kommen. Wenigstens hier hatte die Vorsicht, die seit zwei Generationen in der Familie vorherrschte, noch gewirkt. Und Hein konnte auch dank Frau Merkel so lange durchhalten.

Frau Merkel und Herr Steinbrück standen während der Finanzkrise ganz alleingelassen auf der TV-Bühne und verkündeten: »Leute, fürchtet Euch nicht, Euer Geld ist sicher!« Es wurde nicht erwähnt, dass bis heute gar nichts sicher ist, und wenn der Ernstfall eintritt und das System erneut strauchelt, ein Maximum von 100.000 Spargroschen abgesichert werden kann. Aber immerhin hatte man die Bilanzierungsregeln geändert, und die Bank konnte drei Jahre lang stillhalten statt der üblichen zwei, bevor Insolvenz angemeldet werden musste, wenn Zins und Tilgung ausblieben. Nur dank dieser Regel rettete Hein sich in das fünfte Jahr der Krise. Nun müsse es aber besser werden, hoffte er.

Es kam schlimmer.

Er konnte weder Zins noch Tilgung zahlen, die Rück-
zahlungen der Anleger waren aufgezehrt, Rücklagen-
konnten nie gebildet werden, um derartige Perioden
abzufedern, und die erste Klassenerneuerung stand an.
Hein schob den Termin noch um drei Monate nach hinten, aber es geschah kein Wunder. Alle Klassenpapiere
und Trading-Zertifikate waren abgelaufen. Das Schiff
wurde mit Auslaufverbot belegt. Hein und Georg wurden zu einem Gespräch in die Bankzentrale geladen. Georg hat wohl seine Arroganz heraushängen lassen, denn
eine Stunde nach dem Verlassen der Bank, noch bevor
sie zuhause waren, lagen die Kündigung aller Geschäfts-
beziehungen, eine sofortige Rückforderung der Hypotheken, eine Rückzahlungsforderung der Zinsen, sowie
die Androhung einer Pfändung für die nicht geleistete
Bürgschaft auf dem Tisch. Hein hat noch schnell seine
Mercedes S-Klasse verkauft und ist auf Toyota umgestie-
gen, ansonsten gab es nichts zu pfänden.

Nachdem die Banken Hein im Stich ließen, zog auch
die rothaarige Freundin davon. Hein meinte: »De hebb
ich rutschmeten, de weer mi to old.« – er war 69 und sie
49. Dem alten Fuchs hingen die Trauben wohl zu hoch.

Der Insolvenzverwalter übernahm jetzt die weitere
Verwendung der Schifffahrtsgesellschaften. Diese wurden, geräuschlos und mit abgespeckter Hypothek, einer
Großreederei zum Weiterbetrieb angehängt. Aus der
Welt und aus dem Markt waren diese relativ neuen Schiffe nicht. Da sich jetzt sehr viele von ihnen zu einem reduzierten Preis im Markt tummelten, war mit einer Erho-
lung desselben nicht zu rechnen. Nur Georg verschwand.
Mit seinen Auslandserfahrungen fand er einen Job bei
einer dänischen Schiffsmaklerfirma.

Am 26. Juni 2016 wurde der erweiterte Panamakanal eröffnet (9), der es Schiffen mit den Abmessungen von 420 x 55 m erlaubte, die Schleusen zu passieren. Man erlaubte allerdings zunächst nur Schiffen bis 366 x 49,1 m die Passage. Heins Panmax-Schiffe mit den Abmessungen 294 x 32,0 m waren nun fast wertlos. Innerhalb kurzer Zeit dümpelten 172 dieser Containerschiffe beschäftigungslos in der Gegend herum. Die Raten der noch fahrenden Schiffe stürzten von max. 51.000 US$ auf min. 4360 US$ am Tag ab (10).

Jahr	Frachtrate in US$ pro Tag
2005	51.000
2008	39.000
2009	6.000
2010	5.900
2011	24.000
2012–2015	20.000 – 7.000
2018	9.200

Tabelle 2: Frachtratenentwicklung 2005 – 2018

Es konnten nicht einmal mehr die Betriebskosten zusammengefahren werden, und Schiffe im Alter von 7,5 Jahren wurden verschrottet. Am 31. August 2016 rauschte dann bereits die Reederei Hanjin mit ca. 7,8 Milliarden US-Dollar in die Pleite und löste ein weltumspannendes Beben aus, bis in die kleinsten Verästelungen des Globus. Doch niemand hat irgendeine Lehre daraus gezogen.

Nur in Deutschland sind in der Krise mehr als 728

Schiffe in die Insolvenz gefahren oder mussten als Notverkauf abgestoßen werden. Davon allein im Jahre 2017 225 Schiffe. Finanziell abgespeckt sind diese Schiffe jedoch zu 90 % heute noch Marktteilnehmer. Dennoch stehen im Jahre 2018 286 Containerschiffe in der Größenordnung zwischen 1.000 und 3.600 TEU in den Auftragsbüchern, vornehmlich in denen von chinesischen Werften. Nicht mitgerechnet sind hier Schiffe in der Größenordnung zwischen 11.000 und 23.048 TEU mit einer Anzahl von 142, vornehmlich in den Auftragsbüchern koreanischer Werften. Hier scheint eine Reedereiverlagerung in Richtung Fernost stattzufinden, denn unter den oben genannten Bestellern sind deutsche Reeder, die vorher den Löwenanteil der Auftraggeber ausmachten, nur noch in geringer Anzahl genannt (11) (12).

Um diese Entwicklung zu verdeutlichen:

1951 kostete ein Kümo von 499 BRT 0,8 Millionen Mark. 1960 stieg der Preis auf 3,2 Millionen. Bis 1976 kletterte er auf 7,6 Millionen, aber auch die durchschnittliche Schiffsgröße war von 499 BRT auf 999 BRT gestiegen.

Eine Aufschlüsselung nach Mannschaftsstärken verdeutlicht, wie der finanzielle Aufwand, um einen Arbeitsplatz zu schaffen, sich über die Jahre veränderte:

Baujahr	Größe	Tragfähigkeit	Baupreis	Anz. Crew	Preis pro Arbeitsplatz
1948	299 BRT	450 tdw	320.000 DM	6	53.300 DM
1951	499 BRT	760 tdw	778.000 DM	5	155.600 DM
1965	499 BRT	1260 tdw	3.250.000 DM	9	361.111 DM
1985	499 BRT	2.100 tdw	8.500.000 DM	6	1.410.000 DM
1986	9.360 BRZ	14.200 tdw	35.000.000 DM	17	2.056.000 DM
2006	42.400 BRZ	53.000 tdw	49.000.000 € (98.000.000 DM)	15	3.260.000 € (6.530.000 DM)

Tabelle 3: Finanzieller Aufwand pro Crewmitglied 1948 – 2006

Nur die Entwicklung der Frachtraten war von dieser Entwicklung komplett entkoppelt und blieb weit hinter ihr zurück.

Da der Mensch zum Größenwahn neigt:

- Das weltgrößte Containerschiff kommt die Elbe hinauf.
- Das weltgrößte Eisbeinessen findet in Hamburg statt.
- Die weltgrößte Schifffahrtsbank wurde gegründet (und ging Pleite).

Der Autor möchte an die tüchtigen und fleißigen Leute erinnern, die Jahrzehnte lang Schiffe für den täglichen Bedarf der Wirtschaft gebaut und betrieben haben, die vielen Familien Arbeit und Brot beschert haben und die durch ihre technische und wissenschaftliche Expertise die wirtschaftlichen Entwicklungen vorangetrieben haben.

Die Marotten und allzu menschlichen Schwächen der Protagonisten sollten hier aber in seiner Vielfalt auch nicht vergessen werden.

17. Anhang

17.1 Liste der Seeschiffsswerften in Deutschland 1947 – 1951

(3) (4) (5) (6) (7) (8)

Werft	Standort
Abeking & Rasmussen	Lemwerder
AG Weser	Bremen / Bremerhaven
Atlas-Werke	Bremen
W. Bauer	Wilhelmsburg / Hamburg
Bayrische Schiffbaugesellschaft	Erlenbach / Main
Behringhaus	Deutz / Köln
Blohm + Voss	Hamburg
Heinrich Brandt	Oldenburg
Bremer Vulkan	Bremen
Büsching & Rosemeyer	Minden
Büsumer Werft GmbH	Büsum
Theodor Buschmann	Hamburg
Brix & Paulsen	Kappeln
Deggendorfer Werft	Deggendorf
Deutsche Werft	Hamburg
Elbewerft Boizenburg	Boizenburg
Elsflether Werft AG	Elsfleth

Evers	Niendorf
Flenderwerke	Lübeck
Flensburger Schiffbaugesell- schaft	Flensburg
Heinrich Grube	Hamburg
Alfred Hagelstein	Travemünde / Lübeck
Hatecke Bootswerft	Dornbusch
Hitzler Werft	Lauenburg
Holst	Neuenfelde
Howaldtswerke	Hamburg / Kiel
Husumer Schiffswerft	Husum
Jadewerft	Wilhelmshaven
Jastram	Bergedorf / Hamburg
Martin Jansen	Leer
Johansen & Sörensen	Flensburg
D. W. Kremer Sohn	Husum
Krögerwerft	Rendsburg
Lübecker Maschinenbauge- sellschaft	Lübeck
Lühring	Kirchhammelwarden
Fr. Lürssen	Vegesack / Bremen
Menzer	Geesthacht
Meidericher Schiffswerft	Duisburg
Meier & Söhne	Altenwerder / Hamburg
Jos. L. Meyer	Papenburg
Mützelfeldt	Cuxhaven
Nobiskrug	Rendsburg
Norddeutscher Lloyd	Bremerhaven

Norderwerft	Hamburg
Nordseewerke	Emden
Johann Oelkers	Hamburg
Ohrenstein & Koppel	Lübeck
Ottensener Eisenwerke	Hamburg
August Pahl	Finkenwerder / Hamburg
Peters Werft	Wewelsfleth
Pohl & Jozwiak	Hamburg
Ranke	Neuenfelde
G. Renck	Harburg / Hamburg
Rheinwerft Walsum	Walsum / Rhein
Rickmers Werft	Bremerhaven
Rolandwerft	Bremen
Scheel & Jöhnk	Harburg / Hamburg
Schichau Werft	Bremerhaven
Schiffbaugesellschaft Oberweser	Lehe / Bremerhaven
Schiffswerft Oberwinter	Oberwinter
Schlichting	Travemünde / Lübeck
Schulte & Bruns	Emden
Gebrüder Schlömer	Oldersum / Leer
A. Schürenstedt	Bardenfleth
Sieghold	Bremerhaven
J. J. Sietas	Neuenfelde / Hamburg
Stader Schiffswerft	Stade
Stülcken & Sohn	Hamburg
Sürken Werft	Papenburg

Travewerft Ebschner & Gabler	Lübeck
Weserwerft	Minden
Gustav Wolkau	Hamburg

Tabelle 4: Liste der Seeschiffswerften in Deutschland 1947 – 1951

17.2 Kümos mit der Vermessung 247 / 299 BRT (sog. »Weselmänner«)

Von deutschen Werften nach Vorschrift der Alliierten gebaute »Weselmänner« zu 247 bzw. 299 BRT. Von ihnen sind 96 Schiffe gebaut worden. (3) (4) (5) (6) (7) (8)

Schiffs-name	Werft	Eigner
»Paul«	Holst / Neuenfelde	Richard Rah-mann / Estebrügge
»Süd West«	Sietas / Neuenfelde	Fritz Lünzmann / Hamburg
»Dorothea Weber«	Renck / Harburg	Herbert Weber / Hamburg
»Annie Tramm«	Norderwerft / Hamburg	Friedrich Tramm / Hamburg
»Hermann Hans«	Rickmers / Bremerhaven	Herbert Behrens / Estebrügge
»Welle«	Renck / Harburg	Herrmann Rahmsdorf / Hamburg
»Waltraud Behrmann«	Nobiskrug / Rendsburg	Julius Behrmann / Rendsburg
»Friedel«	Ottenser Eisen-werke	Vega Reederei / Hamburg
»Hans Herrmann«	Holst / Neuenfelde	Johannes Knüp-pel / Hamburg

»Thetis«	Norderwerft / Hamburg	Friedrich Jacobs / Hamburg
»Este«	Sietas / Neuenfelde	Hermann Knütel / Estebrügge
»Leopard«	Rickmers / Bremerhaven	Peter Weber / Hamburg
»Charlotte Bohl«	Nobiskrug / Rendsburg	Carl Bohl / Flensburg
»Widder«	D. W. Kremer / Elmshorn	Peter Koppelmann / Wedel
»Frida Morgenroth«	AG Unterweser / Bremerhaven	Hans Morgenroth / Bremen
»Ella Feldtmann«	AG Unterweser / Bremerhaven	Hans Feldtmann / Estebrügge
»Gretchen von Allwörden«	Rickmers / Bremerhaven	August von Allwörden / Stade
»Thüringen«	DW Kremer / Elmshorn	Hans Leib / Hamburg
»Käthe Marie«	Menzer / Geesthacht	Johann Pieper / Rendsburg
»Hanseat«	Pohl & Joswiak / Hamburg	Walter Richter / Hamburg
»Edelgard«	HC Stülcken / Hamburg	Johannes Meyer / Hamburg
»Elli Ahrens«	Elsflether Werft / Elsfleth	Dietrich Ahrens / Brake
»Köhlfleet«	A. Pahl / Finkenwerder	Hans Rinck & Rudolf Pahl / Hamburg

»Anna Sietas«	Holst Werft / Neuenfelde«	Heinrich Sietas / Grünendeich
»Walter Behrens«	E. Beringhaus / Köln	Walter Behrens Estebrügge
»Jacob Becker«	Sietas / Neuenfelde	Arnold Becker / Cranz
»Münsterland«	Abeking & Rasmussen / Lemwerder	Joh. Diercks / Barssel
»Sigrid«	E. Berninghaus / Köln	Ferdinand Waller / Köln
»Jutta Feldtmann«	H. Rancke / Neuenfelde	Jürgen Feldtmann / Moorende
»Schleswig Holstein«	Johannsen & Sörensen / Flensburg	Anine Höft / Flensburg
»Planet«	G Renck / Hamburg	Henry Gerdau / Neuenfelde
»Milos«	Fr. Lürssen / Vegesack	C. Kampen / Bremen
»Traute Sarnow«	Johannsen & Sörensen / Flensburg	Heinrich Sarnow / Flensburg
»Gisela Meyer Gerhards«	Rolandwerft / Bremen	Dr. Meyer Gerhards & Co.
»Carola«	Büsumer Schiffswerft / Büsum	Ahlmann Carlshütte
»Calla«	Fr. Lürssen / Vegesack	FWD Gruppe Reederei / Bremen
»Ruhr«	Gutehoffnungshütte / Walsum	Heinrich Schepers / Duisburg

»Cimbria«	Büsumer Schiffs-werft / Büsum	Ahlmann Carls-hütte / Rendsburg
»Cornelia«	Sieghold Werft / Bremerhaven	Selbst Bau
»Maja«	Schiffswerft Rönnebeck / Rönnebeck	Hans Bögel / Bremen
»Marga Kiepe«	Rolandwerft / Bremen	H. Kiepe / Haren Ems
»Herrmann Litmeyer«	Meyer Werft / Papenburg	H. Litmeyer / Haren Ems
»Paula«	Stader Schiffswerft	F. Breuer / Hamburg
»Stadeland«	Fr. Lürssen / Vegesack	Johannes Jäger / Hamburg
»Edelgard«	HC Stülcken / Hamburg	Johannes Meyer / Hamburg
»Hans«	Fr. Lürssen Werft / Hamburg	Hans Hasseldieck / Bremen
»Grete Bü-scher«	Rolandwerft / Bremen	W.Büscher / Bremen
»Rita«	Stader Schiffswerft	Wilhelm Baum-garten / Hamburg
»Elisabeth Bröker«	DW Kremerelm-shorn	Walter Bröker / Schulau
»Rügen«	A. Pahl / Finkenwerder	Wilhelm Ehlert / Hamburg
»Rudolf Schepers«	Elsfleter Werft	Rudolf Schepers / Haren Ems

»Jan Meeder«	Johannsen & Sörensen	Joh. Meeder / Rendsburg
»Elisabeth«	Abeking & Rassmussen	M.Hoffmann / Barssel
»Geverdorf«	Fr. Lürssen / Vegesack	Albert Heitmann / Geverdorf
»Antilope«	C. Lühring / Brake	Otto Garms / Estebrügge
»Oktant«	Rolandwerft / Bremen	Heye Daenekas / Aurich
»Ägäis«	Abeking & Rasmussen / Lemwerder	Johann Gerken / Hamburg
»Rhein«	Gutehoffnungshütte / Walsum	Heinrich Schepers / Duisburg
»Jürgen«	Mützelfeldt / Cuxhaven	Herny Blohm / Stade
»Glück Auf«	C. Lühring / Brake	H.Wegener / Hamburg
»Jakob Pollmann«	Rolandwerft / Bremen	Otto Pollmann / Bremen
»Flut«	Fr. Lürssen / Vegesack	Heinrich Pieper / Bremen
»Krautsand«	Stader Schiffswerft	Gustav Behrmann / Hamburg
»Antje Jansen«	Büsumer Schiffswerft	Willi Jansen / Uetersen
»Rolf«	Meyer Werft / Papenburg	Herrmann Schepers / Haren

»Merkur«	Johannsen & Sörensen / Flensburg	Anni Trittelvitz / Flensburg
»Charlotte«	Elsfleter Werft / Elsfleth	Franz Kleige / Stade
»Anne Ohl«	Hugo Peters / Wevelsfleth	Bernhard Ohl / Ulsnis
»Münster«	Johannsen & Sörensen / Flensburg	EDG Transport GmbH / Flensburg
»Ostfries-land«	Martin Jansen / Leer	Jürgen Ulpts / Leer
»Stadt Leer«	Martin Jansen / Leer	Selbsbau
»Maria Althoff«	Johannsen & Sörensen / Flensburg	Hera Schiffahrt / Flensburg
»Horst Arlt«	Meyerwerft / Papenburg	Ivers & Arlt / Bremen
»Wera Böhrnsen«	Büsumer Schiffs-werft / Büsum	H. Böhrnsen / Rendsburg
»Thule II«	FR. Lürssen / Vegesack	Reederei Schön-flieth GmbH
»Anni Schaar«	Schürenstedt / Bardenfleth	Gebrüder Schaar / Leer
»Rolf Behr-mann«	Mützelfeldt / Cuxhaven	Richard Behr-mann / Krautsand
»Albert«	Rolandwerft / Bre-men Wilhelmine	Knepper / Bremen
»Renate«	Stader Schiffs-werft / Stade	Johannes Kolster / Stade

»Rolf«	W. Holst / Neuenfelde	Otto Becker / Hamburg
»Hermann Althoff«	Johannsen & Sörensen / Flensburg	Hera Schiffahrt / Flensburg
»Peter Freese!	E. Berninghaus / Köln	Peter Freese / Hamburg
»Ann Christin«	Schiffswerft Rönnebeck / Bremen	Otto Giese / Bremen
»Baltenland«	C. Lühring / Brake	See- und Flußreederei Kiel
»Paul Hoop«	Fritz Frank Schiffswerft / Hamburg	Pauk Hoop / Büdelsdorf
»Hanni Lene«	Mützelfeldtwerft / Cuxhaven	Georg Behrmann / Krautsand
»Conrad«	Schiffswerft Gustav Wolkau / Hamburg	Conrad Schepers / Haren
»Wilhelm Oltmann«	Stader Schiffswerft	Theodor Oltmann / Stade
»Klaus Wilhelm«	Rickmerswerft / Bremerhaven	Wilhelm tom Wörden / Gräpel
»Germane«	Stader Schiffswerft / Stade	Friederich Hilck / Stade

Tabelle 5: Kümos mit der Vermessung 247 / 299 BRT (sog. »Weselmänner«)

17.3 Kümos mit der Vermessung 424 BRT

(3) (4) (5) (6) (7) (8)

Werft	Anzahl
J. J. Sietas	71
H. Rancke	9
Schiffswerft Holst	16
Brand Werft	4
Büsumer Werft	6
Husumer Schiffswerft	2
Gebrüder Kötter	1
Kröger Werft	6 (dual vermessen)
C. Lühring	4
Rönnebeck Werft C. Pape	2
Ruhrorter Schiffswerft	2
Schlichting Werft	2

Tabelle 6: Kümos mit der Vermessung 424 BRT

17.4 Kümos mit der Vermessung 499 BRT

(3) (4) (5) (6) (7) (8)

Werft	Anzahl
Arminius Werft Bodenwerder (Oberweser)	-
Atlas-Werke Bremen	6
Bayrische Schiffbaugesellschaft	4
Beringhaus Werft Köln	3
H. Brand Oldenburg	5
Büsumer Schiffswerft	12
C. Cassens Emden	8
Julius Diedrich, Oldersum	1
Elsflether Schiffswerft	5
Rheinwerft, Walsum	1
Hilgers AG, Rheinbrohl	1
W.Holst Werft, Neuenfelde	4
Husumer Schiffswerft, Husum	19
Jadewerft, Wilhelmshaven	6
Jansen Werft, Leer	10
Gebr. Kötter, Haren Ems	2
Kremerwerft, Elmshorn	7
Kröger Werft, Audorf	11
C. Lühring, Brake	14
Fr. Lürssen, Vegesack	11
Meyerwerft, Papenburg	8
Nobiskrug Werft, Rendsburg	10

Norderwerft, Hamburg	1
Schiffswerft Hugo Peters, Wewelsfleth	66
Schiffswerft H. Rancke, Neuenfelde	4
Rolandwerft, Bremen	9
Ruhrorter Schiffswerft, Duisburg	2
Scheel & Jöhnk, Harburg	3
Schlichting Werft, Travemünde	2
Schulte & Bruns, Emden	11
Gebr. Schürenstedt, Bardenfleth	8
Stader Schiffswerft, Stade	8
Sürkenwerft, Papenburg	4
Sietas Schiffswerft, Neuenfelde	149

Tabelle 7: Kümos mit der Vermessung 499 BRT

17.5 Kümos mit der Vermessung 999 BRT

(3) (4) (5) (6) (7) (8)

Werft	Anzahl
Arminius Werft Bodenwerder (Oberweser)	-
H. Brand, Oldenburg	8
Blohm & Voss, Hamburg	1
C. Cassens, Emden	11
Elsflether Schiffswerft	1
Rheinwerft, Walsum	4
Husumer Schiffswerft	8
Jadewerft, Wilhelmshaven	3
Jansen Werft, Leer	10
Gebr. Kötter, Haren / Ems	2
Kremerwerft, Elmshorn	3
C. Lühring, Brake	3
Fr. Lürssen, Vegesack	2
Nobiskrug, Rendsburg	10
Norderwerft (Sietas), Hamburg	16
Schiffswerft Hugo Peters, Wewelsfleth	9
Rolandwerft, Bremen	4
Gebr. Schlömer, Oldersum	4
Gebr. Schürenstedt, Bardenfleth	2
H. Sieghold, Bremerhaven	3
J. J. Sietas, Neuenfelde	119

Tabelle 8: Kümos mit der Vermessung 999 BRT

17.6 Kümos mit der Vermessung 1.599 BRT

(3) (4) (5) (6) (7) (8)

Werft	Anzahl
Blohm & Voss, Hamburg	4
H. Brand, Oldenburg	2
C. Cassens, Emden	3
Husumer Schiffswerft, Husum	7
Nobiskrug, Rendsburg	1
Schiffswerft Hugo Petzers, Wewelsfleth	1
J. J. Sietas, Neuenfelde	67

Tabelle 9: Kümos mit der Vermessung 1.599 BRT

17.7 Quellen der Schiffsfinanzierung 1950 – 1955

Quelle	Absoluter Wert (in Mill. DM)	Anteil
§ 7d-Mittel	1.500	48 %
Wiederaufbaudarlehen	475	15 %
ERP-Mittel	407	13 %
Arbeitsbeschaffungsmittel	24	1 %
Eigenmittel der Reeder	750	23 %
Gesamtsumme	*3.156*	*100 %*

Tabelle 10: Quellen der Schiffsfinanzierung 1950 – 1955

17.8 Projektvorbereitende Dokumente

A. *Projektunterlagen*

- Technische Daten Schiff (Brennstoffverbrauch, Geschwindigkeit, Containertragfähigkeit homogen beladen, etc.)
- Generalplan
- Baubeschreibung
- Verträge gem. gesonderter Liste
- Versicherungsangebote
- Angebote Heuerkosten
- Gutachten Sachverständiger
- Gutachten Markt und Beschäftigung
- Steuergutachten
- Unternehmensportrait Reederei
- Unternehmensportrait Charterer
- Unternehmensportrait Befrachtungsmakler
- Werftbeschreibung
- Schiffsfotos / Seitenriss
- Klischee Reedereiflagge
- Prospektprüfung mit BaFin prüfen
- für Tonnagesteuer optimieren
- Treuhandkonto einrichten
- Daten der beteiligten Partner
- Daten der beteiligten Bank

B. *Prospektanhang*

- Beitrittserklärung
- Einzahlungsdatei erstellen
- Annahmeschreiben erstellen
- Registervollmacht einholen

C. Kalkulation

- Betriebskosten abstimmen
- aktuelles Charterniveau aufgrund von Abschlusslisten ermitteln
- Zinsniveau mit Bank klären
- höhere Vorfälligkeitszinsen
- Leergewicht des Schiffes
- Gewerbesteuer errechnen
- IRR errechnen
- Sensitivitätsanalysen erstellen
- Prüfung der Berechnungen durch StB. / WP

Unterlagen Bank

- Aktuellste Berechnung
- Emissionsprospekt zuschicken
- Versicherungsdeckung nachweisen
- Zustimmung der Bank zur Ausflaggung gem. § 7 Flaggenrechtsgesetz einholen
- Gesellschafterliste / Beitrittserklärungen
- Gesellschaftsvertrag
- Bereederungsvertrag
- Chartervertrag
- Kopien
- Übergabeprotokoll zuschicken
- Klassepapiere
- Schiffszertifikat
- Abtretungen zurückgeben
- Finanzierungszusage
- Darlehensvertrag

17.9 Force Majeure

- Krieg oder die Vorbereitungen dazu
- Anordnungen von Zivil- oder Militärgesetzgebungen
- Blockaden
- Embargos
- Sabotage
- Epidemien
- Erdbeben, Tsunamis, Hochwasser, Erdrutsche, Eisgang
- Stromausfall
- Explosionen, Feuer
- Kollisionen, Grundberührungen
- Transportverzögerungen (Land, Luft, See)
- Verzögerungen durch die Klasse, oder alle Vorkommnisse, die die Werft bei Vertragszeichnung nicht voraussehen konnte
- Gussfehler

Diesen Text muss die Werft irgendwo abgeschrieben haben, denn mit Eis oder Schnee ist in dem tropischen Klima nicht zu rechnen. Ebenso wird auf dem flachen Land kaum ein Erdrutsch stattfinden. Doch vielleicht rutscht ja bei einem Subcontractor ein Berg ab, und man kann dadurch den Bau verzögern und Zahlungen aufgrund einer Konventionalstrafe umgehen.

17.10 Ship's Certificates

A	MAIN CERTIFICATES
1	Previous Certificate and Survey Status Report Sent to Office
2	Last Class Survey Report on board (printout from class online database)
3	Class Survey Reports – Last at file: No. 15
4	a. Certificate of Class – Class Renewal
	b. Class Intermediate Survey
	c. Class Annual Survey
	d. Class Annual Machinery
	e. Bottom Survey incl. Class Renewal Items (Docking)
	f. Bottom IW Survey incl. Rudder and Propeller
	g. Boiler Internal Survey (steam)
	h. Boiler Internal Survey (thermal oil)
	i. Boiler External Survey
5	a. Flag State – Certificate of Registration – Flag: CYPRUS
	b. Parallel Ship Registration Certificate – Country: CYPRUS
6	Flag State – Continuous Synopsis Record
	a. Last CSR on board
7	Flag State – Radio Station License
8	Flag State – Contract with Approved Accounting Authority (copy)
9	Flag State – Minimum Safe Manning Certificate

10	Flag State – Other Certificates (i.e. A&B, Liberia, Cyprus)
	a. Antigua and Barbuda To Whom It May Concern (STCW Statement)
	b. Marking Note (permanent registry only)
	c. Mortgage Notices (permanent registry only)
	d. Flag State – Bunker Certificate (Certificate of Insurance or Other Financial Security in Respect of Civil Liability for Bunker Oil Pollution Damage)
	e. Other
11	International Tonnage Certificate
12	a. International Load Line Certificate
	b. International Load Line Certificate – Annual Survey
13	a. SOLAS Cargo Ship Safety Construction Certificate
	b. SOLAS Cargo Ship Safety Construction Certificate – Annual Survey
14	a. SOLAS Cargo Ship Safety Equipment Certificate
	b. SOLAS Cargo Ship Safety Equipment Certificate – Annual Survey
15	a. SOLAS Cargo Ship Safety Radio Certificate
	b. SOLAS Cargo Ship Safety Radio Certificate – Annual Survey
16	SOLAS GMDSS Radio Equipment Shore-Based Maintenance Agreement
17	SOLAS Open Exemption Certificates

18	SOLAS ISM Document of Compliance (updated copy with annual audits)
19	a. SOLAS ISM Safety Management Certificate
	b. SOLAS ISM Intermediate Audit (between 2nd and 3rd anniversary)
20	a. SOLAS ISM Notification Letter / by Reg. Manager (copies)
	b. SOLAS ISM Notification Letter / by Reg. Owner (copies)
21	a. SOLAS ISPS International Ship Security Certificate DNVGL
	b. SOLAS ISPS Intermediate Verification
	c. SOLAS ISPS SSP Approval Letter
22	a. MARPOL International Oil Pollution Prevention Certificate (Annex I)
	b. MARPOL International Oil Pollution Prevention Certificate – Annual Survey
	c. OMD Calibration Certificate
23	MARPOL Pollution Prevention Certificate for Noxious Substances in Bulk (Annex II)
24	MARPOL International Sewage Pollution Prevention Certificate (Annex IV)
25	MARPOL Garbage Pollution Prevention Certificate (Annex V)
26	MARPOL International Air Pollution Prevention Certificate (Annex VI)
	a. Main Engine EIAPP / Technical File – Type & Serial No.:
	Type: STX-MAN B&W 6S60MC-C / Ser. No.

	b. Auxiliary Engine 1 EIAPP / Technical File – Type & Serial No.: Type: 7L23 / 30H / Ser. No.
	c. Auxiliary Engine 2 EIAPP / Technical File – Type & Serial No.: Type: 7L23 / 30H / Ser. No.
	d. Auxiliary Engine 3 EIAPP / Technical File – Type & Serial No.: Type: 7L23 / 30H / Ser. No.
	e. Auxiliary Engine 4 EIAPP / Technical File – Type & Serial No.: N / A
	f. Harbour / Emergency Engine / Technical File – Type & Serial No.: Type: D12D-EMG / Ser. No.
	g. Incinerator Type Approval – Type & Serial No.: DELTA IRL-30+TKL 500L
	h. MARPOL International Air Pollution Prevention Certificate – Annual Survey
	i. MARPOL 73 / 78 Annex VI Energy Efficiency Certificate
27	IMO Ballast Water Management Certificate
28	a. Maritime Labour Certificate (MLC)
	b. Maritime Labour Certificate (MLC) – intermediate verification
29	a. IMO Green Passport (Res. A. 962(23)) – Guidelines on Ship Recycling
	b. International Anti-Fouling System Certificate
30	Ship Sanitary Control Exemption Certificate

B	OTHER CERTIFICATES
1	Document of Compliance for the Carriage of Dangerous Goods
2	Grain Certificate
3	International Certificate of Fitness for the Carriage of Dangerous Chemicals in Bulk
4	Document of Compliance for the Carriage of Solid Bulk Cargoes
5	External Test / Inspection Certificates – Radio Equipment
	a. SART – battery exchange
	b. EPIRB – battery exchange / workshop inspection (SOLAS IV / 15.9)
	c. EPIRB – hydrostatic release exchange
	d. Long Range Identification Tracking System (LRIT) Certificate (MSC.1 / Circ. 1257)
6	External Test / Inspection Certificates – Navigational Equipment
	a. Magnetic Compass Calibration (annually for Panama Canal & Kiel Canal)
	b. Gyro Compass – Service (German requirement) (other flag ships as per maker's recommendations)
	c. Radar 1 – Annual Service (German requirement) (other flag ships as per maker's recommendations) – Details (Specified by X-Band and S-Band, also TX time to be mentioned): Visionmaster FT (X-Band)

		d. Radar 2 – Annual Service (German requirement) (other flag ships as per maker's recommendations) – Details (Specified by X-Band and S-Band, also TX time to be mentioned): Visionmaster FT (S-Band)
		e. Voyage Data Recorder (VDR / S-VDR) – Annual Performance Text (SOLAS V / 18.8)
7		External Test / Inspection Certificates – Loading Condition Software
		a. Annual testing & verification of the ship's loading computer. Can be done by either the ship's crew by taking a sample loading condition from the stability booklet and verifying the results on the loading computer <u>OR</u> by the Classification Society during the annual Class renewal survey.
8		External Test / Inspection Certificates – Lifting appliances and non-handling cargo gear (>500 kg and except for LSA)
		a. Cargo Gear Load Test and Thorough Examination Crane No. 1: Type MacGregor Crane No. 2: Type MacGregor
		b. Cargo Gear Thorough Examination Crane No. 1: Type MacGregor Crane No. 2: Type MacGregor
		c. Engine room crane Load Test and Thorough Examination
		d. Engine room crane Thorough Examination
		e. Provision crane Load Test and Thorough Examination

	f. Provision crane Thorough Examination
	g. Bunker crane Load Test and Thorough Examination
	h. Bunker crane Thorough Examination
9	External Test / Inspection Certificates – Lashing Material
	a. CSS approval for lashing gearbox to be done as per class rules after 5 years
10	External Test / Inspection Certificates – FFE – Fixed Fire Extinguishing Systems
	a. CO_2 System Cylinder Test (min. 10%) (GL Class Rules)
	b. CO_2 System Synthetic Rubber Hose Assembly Replacement (GL Rules)
	c. CO_2 System Internal Control Valve Inspection (MSC / Circ. 850)
	d. CO_2 System 2-year Inspection incl. Hose Assembly Visual Checks (SOLAS II-2 / 10.4, FSS Code MSC. 98 (73))
	e. Foam System Propellant Gas Cylinder Test (MSC / Circ. 847)
	f. Foam System Internal Control Valve Inspection (MSC / Circ. 850)
	g. Foam System Inspection (SOLAS II-2 / 10.4, FSS Code, MSC. 98 (73))
	h. Foam System Concentrate Test (SOLAS II-2 / 14. MSC / Circ. 670 / 850)
	i. Foam Concentrate Test for Portable Foam Applicator

	j. Water Spray / Mist / Sprinkler System Internal Control Valve Inspection (MSC / Circ. 850)
	k. Water Spray / Mist / Sprinkler System (SOLAS II-2 / 10.4, FSS Code, MSC 98 (73))
	l. Inspection of fixed fire detection system (Cyprus)
11	External Test / Inspection Certificates – FFE – SCBAs / EEBDs
	Location / Serial No. SCBA 1: A 100118 – Fire Store – Bridge Deck
	Location / Serial No. SCBA 2: A 094652 – SOPEP Store – Poop Deck
	Location / Serial No. SCBA 3: A 094663 – SOPEP Store – Poop Deck
	Location / Serial No. SCBA 4: A 094643 – SOPEP Store – Poop Deck
	Location / Serial No. SCBA 5: A 094656 – Fire Store – Main Deck Stb.
	a. SCBA Recharging System Air Quality Check (MSC / Circ. 850)
	b. SCBA Recharging System Air Quality Check (MSC / Circ. 850)
	c. SCBA Cylinders Hydrostatic Testing (MSC / Circ. 850)
	d. SCBA Bottles Examination and Inspection including: masks, flexible hoses, breathing regulator etc.
	e. SCBA Bottles Examination and Inspection including: masks, flexible hoses, breathing regulator etc. (Liberia)

	f. EEBD Service (as per manufacturer's requirements; if not available 2y No./Type of EEBDs: 13
12	External Test/Inspection Certificates – FFE – Fire Extinguishers
	a. Portable Fire Extinguishers – Annual Inspection (by crew)
	b. Portable Fire Extinguishers – Biannual Inspection (third party)
	c. All Portable Fire Extinguishers – Hydrostatic Test
13	Suits Test/Inspection Certificates
	a. FFE – Firemen's Outfits – annual by crew
	b. Immersion Suits and Thermal Protective Aids – annual by crew
	c. Immersion Suits and Thermal Protective Aids – third party
	d. Chemical Protective Aids – annual by crew
14	External Test/Inspection Certificates – LSA – Life/Rescue Boats & Accessories
	a. Lifeboat 1/FFB – On-Load Release Gear Overh./Exchange (SOLAS III/20.11.2.3)
	b. Lifeboat 1/FFB – Launching Appliance Examination (SOLAS III/20.11.1 – LSA 6.1.2.5.2)
	c. Lifeboat 1/FFB – Renewal of Falls (SOLAS III/20.4.2)
	d. Lifeboat 1/FFB – Annual Periodic Examination with Release Gear by third party
	e. Lifeboat 2 – On-Load Release Gear Overh./Exchange (SOLAS III/20.11.2.3)

	f. Lifeboat 2 – Launching Appliance Examination (SOLAS III / 20.11.1 – LSA 6.1.2.5.2)
	g. Lifeboat 2 – Renewal of Falls (SOLAS III / 20.4.2)
	h. Lifeboat 2 – Annual Periodic Examination with Release Gear by third party
	i. Life Rafts / Rescue Boats – Release Gear Overh./ Exchange (SOLAS III / 20.11.2.3) Life Raft Hook Rescue Boat Hook
	j. Life Rafts / Rescue Boats – Launching Appliance Examination (SOLAS III / 20.11.1 – LSA 6.1.2.5.2)
	k. Life Rafts / Rescue Boats – Renewal of Falls (SOLAS III / 20.4.2)
	l. Life Rafts / Rescue Boats – Annual Periodic Examination with Release Gear by third party
15	External Test / Inspection Certificates – LSA – Life Rafts (and Accessories) Location / Serial No. / Type / Maker / Life Raft 1: Forward Stb. / 6 persons Location / Serial No. / Type / Maker / Life Raft 2: Deck B / 20 persons Location / Serial No. / Type / Maker / Life Raft 3: Deck B / 20 persons
	a. Life Raft 1 – Annual Service (SOLAS III / 20.8.1.1)
	b. Life Raft 2 – Annual Service (SOLAS III / 20.8.1.1)
	c. Life Raft 3 – Annual Service (SOLAS III / 20.8.1.1)

	d. Life Raft 1 – Hydrostatic Release Unit replacement (SOLAS II / 20.9.1)
	e. Life Raft 2 – Hydrostatic Release Unit replacement (SOLAS II / 20.9.1)
	f. Life Raft 3 – Hydrostatic Release Unit replacement (SOLAS II / 20.9.1)
16	External Test / Inspection Certificates – LSA – Other Equipment
	a. Man-over-Board Buoys (as per maker's manual): PS wing / Stb wing
	b. Line-Throwing Apparatus (as per maker's manual)
	c. Parachute Rockets (bridge / boats) (as per maker's manual)
	d. Smoke Signals (boats) (as per maker's manual)
	e. Hand Flares (boats) (as per maker's manual)
17	External Test / Inspection Certificates – Medical chest (incl. MFAG eq.)
	a. Medical Oxygen Cylinders – inspection by third party (Liberia)
	b. Medical Oxygen – replacement
	c. Medical Oxygen Cylinders – Hydrostatic Test and internal inspection
18	Noise Survey Report (IMO Res. A.468(XII)) – Part of Sea Trial Report
19	Drinking / Fresh Water analysis results
20	Australia – Certificate of Compliance with Australian Safety Regulations
21	Canada – Oil Pollution Response Contract

22	Egypt – Suez Canal Certificates
	a. Suez Canal Special Tonnage Certificate
	b. Certificate of Compliance with Suez Canal Authority Regulations
23	Germany – Certificates of Compliance
	a. Compliance with UVV/Schiffssicherheit/Krankenfürsorge/Wohnraum
	b. Compliance with Kiel Canal Regulations
24	Japan – Wreck Removal Insurance (file Japanese P&I Club White List)
25	Panama – Panama Canal Certificates
	a. Certificate of Compliance with Panama Canal Authority Regulations
	b. PC/UMS Documentation of Total Volume
	c. Panama Canal SOPEP Approval
26	USA – Certificate of Compliance with US Regulations for Foreign Ships
27	a. USA – Certificate of Financial Responsibility (CoFR)
	b. USA – Vessel Response Plan Approval Letter (VRP)
	c. USA – California – Certificate of Financial Responsibility (CoFR)
	d. USA – California – Vessel Response Plan Approval Letter (VRP)
28	USA – Hazardous Materials Certificate of Registration (copy from Charterer)
29	USA – AMVER Registration and Participation Records

30	USA – Security Partnership Agreements (C-TPAT, CSI, Sea Carriers In.)
31	USA – APIS Registration (Advanced Passenger Info System) (email)

C	**INSURANCE CERTIFICATES (INSURANCE FILE)**
1	Certificate of Entry – Protection and Indemnity (renewal annually 20.2)
2	Certificate of Entry – Hull & Machinery

D	**SHIPBOARD PROCEDURE MANUALS**
1	SOLAS Stability Information (SOLAS II-1 / 22-23) (approved by Class)
2	SOLAS Cargo Securing Manual (SOLAS VI / 5, VII / 5 and IMO MSC / Circ. 745) (Class approval)
3	SOLAS Life-Saving Appliances Training Manual (SOLAS III / 35) (approved by Master)
4	SOLAS Life-Saving Appliances Maintenance Manual (SOLAS III / 36) (approved by Master)
5	SOLAS Fire Safety Training Manual (SOLAS II-2 / 15) (approved by Master)
6	SOLAS Fire Safety Operational Booklet (SOLAS II-2 / 16) (approved by Master)
7	SOLAS Muster List & Emergency Instructions (SOLAS III / 37) (approved by Master)
8	SOLAS / ISPS Code – SSA (approved by CSO / reviewed by RSO)
9	SOLAS / ISPS Code – SSP (approved by RSO)

10	MARPOL – SOPEP or SMPEP – Mandatory part (approved by Class)
11	MARPOL – SOPEP or SMPEP – Appendix 2 – Coastal State Contacts (approved by Manager)
12	MARPOL – SOPEP or SMPEP – Appendix 3 – Port Contacts (approved by Master)
13	MARPOL – SOPEP or SMPEP – Appendix 4 – Ship Interest Contacts (approved by Manager)
14	MARPOL – Garbage Management Plan (approved by Manager)
15	Ballast Water Management Plan (approved by Class)
16	Panama Canal SOPEP (appendix to SOPEP) (approved by Panama Canal Authorities)
17	US Vessel Response Plan (VRP) (pollution response) (approved by US Coast Guard)
18	US California – Vessel Response Plan (VRP) (pollution response) (approved by California)
19	MN Shipboard Manual (approved by Manager)
20	Fleet Circulars (list last circular on board) (approved by Manager)
	a. Deck (MCC-11-090)
	b. Engine (MCC-13-022)
	c. National and Port (MCC-17-045)
21	Circular Series CD-V (Crew Management) (list the version / date of CD-V-001 o / b – all CD-V circulars and SC forms to be o / b as listed)

17.11 Wirtschaftlicher und störungsfreier Schwerölbetrieb in der Küstenschifffahrt

Aus der großen Zahl der Empfehlungen und Vorschriften sollen im folgenden Überblick die Probleme aufgezeigt werden, die bei der Umstellung mittelschnelllaufender 4-Takt-Motoren von Dieseldestillaten auf Schweröl gelöst werden müssen.

Bedingt durch den Preisunterschied zu Marinedieselöl begannen die Motorenhersteller schon vor dem Kriege, Schweröl als Brennstoff zu versuchen. Eingeführt wurde die Verwendung von Schweröl in mittelschnelllaufenden 4-Takt-Dieselmotoren Ende der Fünfzigerjahre.

Seit dieser Zeit arbeiten Motorenhersteller, Komponentenhersteller und Schmiermittelfirmen an der Verbesserung ihrer Produkte. Bis auf die Ventilstandzeiten ist ein Optimum erreicht worden.

1. Motorseitige Umstellungsmaßnahmen
Voraussetzungen für eine Umstellung auf Schweröl ist, dass motorseitig folgende Voraussetzungen vorliegen oder geschaffen werden können:

Die Kolben müssen mindestens einen, besser zwei, Ringträger aufweisen, in denen dann verchromte Kolbenringe für die beiden oberen Ringnuten eingelegt werden.

Die Temperatur auf den Ventilsitzflächen darf 400 °C nicht überschreiten, um Vanadiumpentoxid und Natriumhochtemperaturkorrosion zu verhindern. Kann bei einem vorhandenen Motor nicht ausgeschlossen werden, dass die untere Temperaturgrenze eingehalten werden kann, so müssen gekühlte Ventilsitzringe eingebaut oder gekühlte Korbventile verwendet werden.

Die Ventile sollten Rotocaps oder eine andere wirksame Zwangsdrehvorrichtung aufweisen. Es kann nicht mit Sicherheit gesagt werden, dass teure Ventile auch wirtschaftlicher sind. Ventilbläser treten in beiden Fällen auf. Die genauen Ursachen für den Ventilbläser lassen sich nicht immer bestimmen. Einen großen Einfluss auf Störungen dieser Art haben Herkunft und Zusammensetzung des Treiböls. Die Schmelzen der Vanadium- und Natriumverbindungen können je nach den vorhandenen Mischungen den Temperatur-Haftpunkt stark verlagern.

Die Einspritzpumpen und Einspritzventile müssen den veränderten Bedingungen angepasst werden. Um Kavitationen, Verschleiß- und einen anderen Einspritzzeitpunkt zu erhalten, sind je nach Pumpentyp andere Plunger und Führungen zu verwenden. Teilweise werden noch zusätzliche Maßnahmen notwendig.

Die Einspritzventile müssen in jedem Falle an ein Düsenkühlungssystem angeschlossen werden.

Eine abgasseitige Reinigungsanlage für den Turbolader ist vorzusehen. Die Verschmutzung des Gasturbinenteils des Laders nimmt mit steigendem Natriumanteil im Treiböl zu. Verschmutzung führt zu Leistungsverlust des Laders. Da Ladeluft zugeführt wird, steigt wiederum die Abgastemperatur; dies hat dann zur Folge, dass die Ventilsitztemperatur mit den bekannten Folgeerscheinungen steigt.

Die Besonderheiten eines jeden Motortyps sind stets zu beachten!

2. Anlagenseitige Umstellungsmaßnahmen

Anlagenmäßig müssen folgende Einbauten vorhanden sein, oder diese müssen nachgerüstet werden. Vom Vorhandensein dieser Teile hängt der spätere wirtschaftliche Erfolg wesentlich ab:

Unumgänglich ist der Einbau eines selbstreinigenden Separators zur Aufbereitung der Schweröle. Der Separator soll möglichst groß ausgelegt werden, sodass bei geringer Beaufschlagung eine lange Verweildauer des Öls in der Trommel und damit eine große Reinigungswirkung erzielt wird.

Anordnung eines automatisch arbeitenden Brennstoffrückspülfilters im Brennstoffkreislauf. Es ist auf entsprechende Absicherung der Motorenanlage zu achten, wenn dieser Filter einmal ausfällt oder verlackt.

Einbau einer automatisch arbeitenden Viskositätsregelanlage mit Schwerölendvorwärmer. Sollte die Beheizung des Treiböls elektrisch erfolgen, so ist auf feine stufenweise Abstimmung zu achten. Auch wenn die Motorenanlage nicht von Pier zu Pier mit Schweröl gefahren werden kann, sollten durchspülte Brennstoffeinspritzpumpen vorhanden sein, um mit den Zubringerpumpen den Brennstoff zirkulieren zu können, und um das System vor dem Start aufzuheizen.

Die Düsenkühlungsanlage sollte möglichst so ausgelegt sein, dass sie gleichzeitig zum Aufwärmen der Düsen mit herangezogen werden kann.

Wenn die vorgenannten Maßnahmen berücksichtigt werden, ist ein Pier-zu-Pier-Betrieb, sofern die betrieblichen Vorschriften eingehalten werden, mit Kraftstoffen bis IFO 30 ohne Schwierigkeiten zu bewältigen. Bei schlechteren Qualitäten sind beheizte Filter und eventuell andere Maßnahmen erforderlich.

3. Vorwärmung

Der Einhaltung der vorgeschriebenen Temperaturen kommt allergrößte Bedeutung zu. Drei Kriterien sind temperaturabhängig zu berücksichtigen:

   a) Sicherung der Pumpbarkeit

   b) Sicherung der Reinigung (Separierung, Filtrierung)

   c) Erreichen der vorgeschriebenen Einspritzviskosität

Tankheizung für die Doppelbodentanks wird erforderlich, wenn die Qualität des Öls ca. 50 cSt übersteigt.

Tankheizung für die Setztanks ist unumgänglich. Um eine ausreichende Separierungsleitung zu erhalten (Leistung geht mit steigender Viskosität stark zurück), und um auf keinen Fall den Trübungs- oder gar den Stockpunkt des Öls zu erreichen, ist eine Setztanktemperatur von 50 °C anzustreben.

Der Tagestank ist ebenfalls auf einem Temperaturniveau von nicht weniger als 50 °C zu halten. Um die Wärmeverluste gering zu halten, sind die Tanks zu isolieren.

Vor den Einspritzpumpen sollte eine Viskosität von ca. 10 cSt (1,8 – 2,0 Grad E) erreicht sein und eingehalten werden. Nur bei diesen Betriebszuständen ist eine fehlerfreie, rauchlose Verbrennung gewährleistet. Um diese Viskosität zu erreichen, ist je nach Ölqualität eine Temperatur von 85 °C (bei Öl von 200 RIS – 50 cSt) oder auch 130 °C (bei Öl von 1500 RIS – 380 cSt) einzuhalten. Der Kraftstoffvorlaufdruck sollte in jedem Falle so hoch gefahren werden wie möglich, um Verdampfungen im System zu verhindern. Die Einstellungen sollten unter Volllast vorgenommen werden und nicht im Hafen.

Zur Erzeugung der benötigten Wärme können dienen:
a) die Schiffswarmwasserzentralheizung
b) die Abwärme des Hauptmotors
c) elektrische Beheizung
d) Beheizung über Thermalölanlage mit Abgaskessel
e) Beheizung über Dampfkesselanlage mit Abgaskessel

Im Allgemeinen kommt oft eine Kombination der Möglichkeiten a, b, c oder a, c oder c, e infrage.

Thermalölanlagen haben den Vorteil, dass keine Korrosionen auftreten. Es brauchen keine AfA-Genehmigungsverfahren durchgeführt werden. Eine Pflege und Überwachung wie bei der Kesselanlage ist wasserseitig nicht erforderlich. Als Nachteile sind der schlechtere Wärmeübergang und ein geringerer Verlust an Tragfähigkeit zu nennen.

Im Hafen kann zum Warmhalten der Setz- und Tagestanks die Schiffsheizung herangezogen werden (sie ist entsprechend auszulegen). Auf See kann mit der Abwärme des Hauptmotors geheizt werden. Bei zusätzlichem Betrieb mit Frischwassererzeuger kann das Wärmeangebot zu klein werden.

Ist die Anlage mit einem Wellengenerator ausgerüstet, wird die geringe elektrische Energie zur Beheizung des Endvorwärmers (ca. 18 – 25 kW für eine Leistung von 2000 – 4000 PS bei konstantem Seebetrieb) durch das billige Schweröl erzeugt. Ist kein Wellengenerator vorhanden, muss diese Leistung von den Hilfsdieseln aufgebracht werden. Dadurch wird für den reinen Dieselbetrieb etwas mehr Gasöl verbraucht als vor der Umstellung. Bei Dampfabgaskessel- oder Thermalölabgaskesselbetrieb stellt sich diese Frage nicht.

4. Treibölzusätze

Treibölbunkerzusätze können von Nutzen sein. Sie sollten dann aber permanent benutzt werden und sind beim Bunkern kontinuierlich zuzusetzen. Es werden Schlammablagerungen verhindert, einem Entmischen der Öle wird entgegengewirkt; Emulsionen können gebrochen werden. Der Separator ist **nicht** in der Lage, eine bestehende Emulsion zu brechen.

Chemische Zusätze zur Minderung von Heißtemperaturkorrosion erzielen die beabsichtigte Wirkung, wenn eine genaue Analyse des Öles vorliegt und sie gezielt eingesetzt werden können. Da die Bunkerfirmen noch nie Analysen dieser Art mitgeliefert haben, ist der Erfolg dieser Mittel zumindest umstritten. Sollten sich in einem Tank schon größere Mengen Schlamm abgelagert haben, ist mit den Bunkerzusätzen sehr vorsichtig zu verfahren, andernfalls können gro0e Mengen Schlamm schnell gelöst werden; dies führt zur Überlastung der Reinigungsanlage, was wiederum Schäden an der Motoranlage nach sich ziehen kann.

5. Schmieröl

Nach der Umstellung des Motors von Destillat-Kraftstoffen auf Schweröl verlangt jeder Motorenhersteller den Einsatz eines höher legierten Schweröles, mit höherer TBN (total base number), um die vermehrt anfallenden sauren Verbrennungsbestandteile, herrührend vom höheren Schwefelanteil, zu kompensieren. Wenn, wie immer empfohlen werden muss, ein automatisch arbeitender Schmierölrückspülfilter in den Hauptschmierölkreislauf geschaltet ist, so ist auch hier mit vermehrtem Schlammanfall zu rechnen; der Filter wird zuerst recht häufig arbeiten, bis das System sauber und ein normaler Betrieb erreicht ist. Es tritt hier der gleiche Effekt auf wie er vor einigen Jahren auftrat, als jeder Eigner von normalem Schmieröl auf legiertes Schmieröl umstellte und zunächst ständig die Schmierölfilter schmutzig waren.

6. Notmaßnahmen

Sollte bei Anlagen, bei denen keine durchspülten Einspritzpumpen vorhanden sind, das Öl nicht mehr aufgewärmt werden können, so ist das Schweröl im Zubringerkreis mit Destillatkraftstoff freizudrücken. Die Einspritzleitung und das Einspritzventil können mit der Ventilabspritzvorrichtung freigedrückt werden. Es kann dann mit Dieselöl angefahren werden und später, wenn die Vorwärmtemperatur erreicht ist, wieder auf Schweröl umgestellt werden. Sollte ein Leitungsstück von der Förderpumpe zu den Tanks dichtsitzen, kann es mit Arbeitsluft ausgedrückt werden. (Anschluss an Manometerleitung o. dgl.) In die Tanks gibt man dann eine größere Menge von Bunkerzusätzen, entsprechend den Empfehlungen des Herstellers. Im Großen und Ganzen ist der Schwerölbetrieb problemlos zu fahren, wenn die Temperaturgrenzen eingehalten werden. Auch wesentliche Mehrbelastungen für das Personal entstehen nicht, wenn alle Einbauten, wie Separatoren, Filter und Regelanlagen, für den Automatikbetrieb eingerichtet sind.

Teillastbetrieb sollte auf eine fest umrissene Grenze beschränkt werden, um übermäßigen Verschleiß und Verschmutzungen vorzubeugen.

7. Wirtschaftlichkeit

Pauschal kann man nicht sagen, wann eine nachträgliche

Umstellung wirtschaftlich vertretbar ist. Die PS-Grenze liegt zwischen Antriebsleitungen von 1000 und 2000 PS. Es hängt von den folgenden Faktoren ab:

a) Preis für anlagen- und motorseitige Umbauten, einschließlich Umbauzeit
b) Alter des Schiffes
c) Drehzahl des Motors
d) Tagesverbrauch (und daran gekoppelt die Motorleistung)
e) Teillastfahren
f) Qualität des Kraftstoffes, der verbrannt werden soll
g) thermische oder elektrische Energie, die täglich zusätzlich benötigt wird
h) Abschreibungsmöglichkeiten

Wenn man einen längeren Zeitraum in Betracht zieht und vielleicht in fünf Jahren die Laufbuchsen zu erneuern hat, so bietet diese Anlage schon Vorteile, und zwar nicht nur dem Charterer, sondern auch dem Reeder.

Sinnvoller ist eine Brennstoffeinsparung allerdings über verbesserte Unterwasserschiffsformen und verbesserte Propellerauslegung zu erzielen. Bei den heutigen Schwerölumstellungen kann zwar Geld gespart (und manchmal sogar verdient), aber kein Tropfen Öl eingespart werden.

Ende der 1960–1970er Jahre war der Betrieb mit dem »giftigen« Schweröl bejubelt worden, heute 2019 wird der Gebrauch verteufelt.

17.12 Willkürlich ausgewählte Fond-Prospekte der Jahre 2000 – 2008

Objekt	Kosten / Summe	Eigengeld Reeder	Provision Emissions-haus
2	€ 24,10 Millionen	1,54 %	16,00 %
2	€ 6,52 Millionen	3,83 %	29,64 %
3	€ 22,35 Millionen	2,30 %	7,57 %
4	€ 19,87 Millionen	0,64 %	17,40 %
5	€ 17,05 Millionen	1,46 %	38,53 %
6	€ 25,75 Millionen	1,98 %	21,43 %
7	€ 11,52 Millionen	2,60 %	18,00 %
8	€ 113,68 Millionen	0,18 %	27,25 %
9	€ 22,25 Millionen	6,74 %	20,00 %
10	€ 13,62 Millionen	1,43 %	24,90 %
11	€ 22,38 Millionen	1,80 %	11,45 %
12	€ 13,62 Millionen	1,99 %	23,01 %
	€ 312,71 Millionen	2,21 %	21,27 %

Tabelle 11: Willkürlich ausgewählte Fond-Prospekte der Jahre 2000 – 2008

17.13 Abbildungsverzeichnis

17.14 Tabellenverzeichnis

17.15 Literaturverzeichnis

1. Mitteilungen über die Dreimächtekonferenz zu Berlin.
    s.l. : Landesarchiv Brandenburg, 02. August 1945.

2. Petersberger Abkommen. s.l. : Wikipedia 26.11.2018,
    22. 11 1949.

3. Detlefsen, Gerd Uwe, Meyer, Vicco und Koch, Ulrich.
    Mit Weselmann ging es voran. s.l. : G. U. Detlefsen,
    Bad Segeberg.

4. Bauliste der Sietas-Werft. Cranz : s.n.

5. Eilers, Rolf und KIedel, Klaus Peter. Meyer-Werft
    1795–1988. s.l. : Verlag für neue Wissenschaften,
    Bremerhaven.

6. Voltmer, Bernd und Krummlinde, Klaus. Holst-Werft
    in Cranz-Neuenfelde. s.l. : Elbe-Spree-Verlag.

7. —. Die geschichtliche Entwicklung der Rancke-Werft
    von 1922–1975. s.l. : Elbe-Spree-Verlag.

8. Festschrift 25 Jahre Jadewerft Wilhelmshaven GmbH.

9. Wikipedia.

10. Clarksen Research.

11. Interessengemeinschaft Fonds e.V.
     Obere Hirschbitze 16, 53809 Rupperichterroth : s.n.

12. Marhot. Dezember 2018.

13. Boie, Cai. Schiffbau in Deutschland. s.l. :
     G. U. Detlefsen, Bad Segeberg, 1945–1952.

14. Anbert, Götz. Wettbewerbsfähigkeit und Krise der

duetschen Schiffbauindustrie 1945–1980. s.l. : Euro-
päischer Verlag der Wissenschaften Peter Lang.

15. Neitzel, Bernd. Verbandsblattt der deutschen Küstenschiffseigner.